LE POÈTE DUCIS

AU

PRESBYTÈRE DE ROQUENCOURT

DRAME HISTORIQUE EN 3 ACTES

DÉDIÉ AUX

COLLÉGES ET AUX PENSIONNATS DE JEUNES GENS

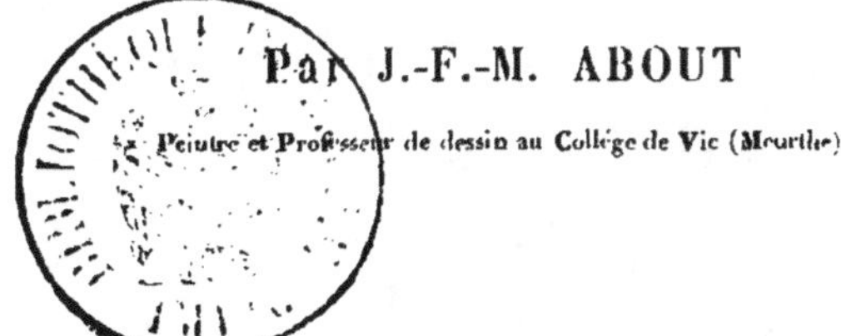

Par J.-F.-M. ABOUT

Peintre et Professeur de dessin au Collège de Vic (Meurthe).

SAINT-NICOLAS

(Meurthe)

IMPRIMERIE DE PROSPER TRENEL.

—

1856

PROLOGUE.

*La scène est au presbytère de Roquencourt où le poète Ducis, intime ami du curé, a un appartement, et où se trouve aussi accidentellement, sous le nom de Gervais, un vieillard infirme et aveugle, qui, ayant fait une chute grave, loin de son domicile, n'a pu y être transporté, et a été contraint d'accepter momentanément un asile chez le bon abbé Lemaire, digne curé du lieu *.*

La scène se passe en 1803.

---

* Le fait qui a donné occasion à ce petit drame, est emprunté à un recueil d'anecdotes, intitulé : *Encouragements de la Jeunesse*, par Bouilly. Le récit en est si touchant et si bien narré qu'on n'a pas cru pouvoir mieux faire que de copier, dans deux ou trois passages, les expressions mêmes de l'élégant écrivain. Combien n'a-t-on pas lieu de regretter que l'estimable auteur de la jolie pièce de l'abbé de l'Épée n'ait pas songé à mettre lui-même en scène un sujet qui s'y prêtait si bien !

PERSONNAGES.

DUCIS , poète tragique.

L'abbé LEMAIRE, curé de Roquencourt.

Le général comte d'ARTANVAL, sous le nom de GERVAIS.

Le colonel ARTHUR d'ARTANVAL, fils du comte.

ÉMILE , âgé de six ans, fils du colonel.

RIBELLE , ancien militaire, homme de confiance du comte.

FRANCIS, domestique de Ducis.

SIMON, tisserand.

NOTA. *Le rôle de* RIBELLE *se déclame avec une grotesque emphase. C'est surtout par la déclamation que ce rôle devient comique.*

LE POÈTE DUCIS

AU

PRESBYTÈRE DE ROQUENCOURT.

ACTE PREMIER.

SCÈNE PREMIÈRE.

DUCIS, FRANCIS, domestique du poëte.

(Le poète, assis à son bureau, déclame une pièce de vers qu'il vient de composer. Derrière son fauteuil, Francis, son valet, se tient debout dans une attitude respectueuse, attendant que son maître ait cessé de réciter ses vers, pour lui remettre une lettre et un petit paquet qu'il tient à la main.)

DUCIS.

Oh ! combien doit chérir son vallon fortuné,
Le mortel vers les champs, vers les arts entraîné,
Qui voit sous l'œil du ciel, avec ordre et mesure,
Ces prodiges sans nombre inonder la nature !....
Je vois par le bonheur tout ce monde animé,
Et par des cris d'amour son auteur proclamé.
Ce sol, cet air, ce feu , ces eaux, tout est merveille ;
J'interroge un gravier, une plante, une abeille.
A pas lents et pensif, Lafontaine à la main ,
Parmi les fleurs , les fruits, je poursuis mon chemin.
J'entends dans la nature et dans ses harmonies,
Du céleste ouvrier les grandeurs infinies.
Heureux , qui, pénétré, ravi de ses bienfaits,
Sur un autel champêtre offre à ce Dieu de paix
Le tribut des vergers, des guirlandes fleuries ;
Et l'hymne des oiseaux et l'encens des prairies !
Un esprit vaste et fait pour l'immortalité ,
Partout dans l'univers voit la Divinité.

(Ducis entend du bruit ; et, se retournant, il aperçoit Francis.)
Ah ! que fais-tu là ?

Francis. Je vous écoute, Monsieur. Oh! que c'était beau, ce que vous venez de dire là! C'était comme de la musique.

Ducis. Tu trouves?

Francis. Dam! Est-ce qu'on chantera ça à vêpres, Monsieur?

Ducis. Imbécille! Voyons, tu veux me parler, on t'a chargé d'une commission pour moi?

Francis. Oui, Monsieur, c'est un pàpier et un paquiet qu'on m'a dit de vous remettre.

Ducis. Donne. Voyons ce que c'est. Ah! c'est une lettre de M. le directeur du Théâtre-Français. Que me mande-t-il?

« Monsieur Ducis,

» J'ai l'honneur de vous donner avis qu'aujourd'hui aura lieu, à » Versailles, la reprise de votre tragédie d'*OEdipe chez le roi Ad-* » *mète*. Votre pièce, réduite à trois actes, me paraît avoir beaucoup » gagné; et je crois pouvoir compter sur le plus brillant succès.

» J'espère, Monsieur, que vous voudrez bien assister à la repré- » sentation de ce soir, qui doit être pour vous l'occasion d'un nou- » veau triomphe.

» Le public sera digne de vous, et plus qu'aucun autre, capable » de vous entendre. Il se composera de l'élite de nos jeunes officiers. » Le corps d'armée, cantonné à Versailles et dans les environs, a » inspiré à M. le Ministre l'heureuse pensée de distraire agréablement » nos jeunes guerriers qui doivent bientôt entrer en campagne, et il » vient de m'envoyer l'ordre de me rendre à Versailles avec ma troupe.

» Pour entrer dans les vues de M. le Ministre, et me conformer » aux dispositions de mon nouveau public, il m'a semblé que je ne » pouvais mieux faire que de choisir dans mon répertoire une pièce » de votre composition. Il y a tant de sympathies entre le cœur du » bon Ducis et celui des braves!

» Veuillez agréer, Monsieur, l'hommage de mon profond respect...

» *P. S.* Je vous envoie une partie des honoraires qui vous sont » dus; si je vous prie de m'en accuser réception par le retour de » mon exprès, c'est moins pour faciliter mon épurement de comptes » avec mon administration, que pour m'assurer si ma commission » a été faite, et bien faite, et si nous pouvons compter sur vous » pour la représentation de ce soir. »

Ducis (*à part*). Assurément, monsieur le directeur, je n'y man- querai pas. Vous êtes, comme toujours, d'une politesse exquise et d'une exactitude exemplaire. Ma raison a beau me dire que vous êtes un flatteur, que vous abusez de la connaissance que vous avez des faiblesses de mon cœur, je ne puis résister à une invitation aussi gracieusement formulée. Hélas ! le vieux Ducis, malgré ses cheveux blancs, est sensible comme un jeune homme aux attraits de la gloire ! (*Il se met à écrire.*) Bon ! voilà ma réponse faite. Reste maintenant la quittance à donner. Mais d'abord, comptons la somme. Vingt-cinq louis...... Que faire de cela? bon Dieu ! Allons, je consulterai l'ami des pauvres, mon cher abbé Lemaire, il m'aidera à me défaire de cet or inutile.

> Né sans ambition, avec peu de désirs,
> Mon luth fait mon destin, mon emploi, mes plaisirs.
> Il ne me donne pas un parc, des métairies
> Mais le sommeil, la paix, les riantes féeries,
> Cet art charmant des vers par la grâce enfantés,
> Biens-fonds de Lafontaine, et qu'il a tant chantés.
> Heureux au jour le jour, rêvant, me laissant faire,
> De moi pourtant toujours, je fus propriétaire.
> O pauvreté tranquille ! ô véritable bien !
> Heureux ! cent fois heureux, le mortel qui n'a rien !
> Qui dans son cœur en paix, seul trésor à défendre,
> Sans craindre, désirer, commander, ni dépendre,
> Toujours libre et soumis, dans un juste milieu,
> Abandonne et ce monde et l'avenir à Dieu.

Francis !....

FRANCIS. Monsieur.

DUCIS. Faites entrer l'exprès qui m'a apporté cette lettre.

FRANCIS. L'exprès, Monsieur? mais il est parti.

DUCIS. Comment? parti !

FRANCIS. Eh! oui, parti, et parti apparemment, comme part tout pauvre diable de son espèce, sur ses propres jambes, et en reprenant la route par laquelle il était venu.

DUCIS. Pourtant, il avait ordre d'attendre ici ma réponse.

FRANCIS. Vous croyez, Monsieur ?

DUCIS. J'en suis sûr.

FRANCIS. Eh bien! je ne dis pas non, Monsieur, je ne dis pas non: ce que vous dites est même assez probable ; car il voulait à toute force rester ici. Mais, j'ai si bien fait, qu'enfin j'ai réussi à vous en débarrasser.

DUCIS. Ah ! par exemple, voilà qui est trop fort ! Au moins fallait-il vous informer, Francis, s'il me convenait à moi d'en être débarrassé.

Francis. Oh! Monsieur, je n'avais que faire de vous interroger là-dessus.

Ducis. Ah! et pourquoi cela?

Francis. Parce que je savais que vous aviez besoin de repos. N'aviez-vous pas passé la nuit dernière près de M. Gervais? J'ai dit à votre exprès que vous ne vous lèveriez pas avant midi, et assurément, ce n'est pas ma faute, si vous me faites mentir.

Ducis. Monsieur Francis, vous êtes vraiment par trop obséquieux. Je vous dispense désormais de vous occuper de ma personne. Bornez-vous à prendre mes ordres et à les exécuter.

Francis. Alors, Monsieur, c'est mon congé que vous me donnez.

Ducis. Non pas précisément.

Francis. Si fait, Monsieur, si fait; car je veux desservir le pain que je mange, et du moment que je n'ai plus rien à faire, je pars.

Ducis. Mais, Francis, vous ne serez pas sans emploi, puisque je vous établis l'exécuteur de mes ordres.

Francis. Bel emploi! ma foi, bel emploi! comme si on ne savait pas que, crainte de déranger votre domestique, vous avez coutume de vous servir vous-même......

Ducis. Mais, enfin, Francis, que pensiez-vous donc faire à mon service?

Francis. Ce que je pensais faire, Monsieur? je pensais remplir mes devoirs.

Ducis. Ah! Et ces devoirs, quels sont-ils?

Francis. Ces devoirs, Monsieur, sont de veiller à vos intérêts, car on dit que vous ne vous laissez rien; de prendre soin de votre personne, dont vous ne vous occupez point du tout. Avant de m'engager à votre service, Monsieur, je me suis dit: tu te prépares bien des peines, Francis, tu te prépares bien du tracas... Mais, bah!.... On dit que le monsieur que tu vas servir est si bon! qu'il a tant d'amis! vois, pense, consulte, examine..... J'ai fait si bien que me voilà..... Et depuis que je vous sers, Monsieur, j'ai trouvé en fin de compte que tous les soucis que j'avais prévus, n'étaient rien auprès de l'affection que je vous porte.

Ducis. Ah! mon bon Francis, je suis vraiment touché de tes sentiments. C'est moins un domestique que j'ai là qu'un véritable ami... J'allais me fâcher et voilà que tu me désarmes. Je vois maintenant qu'il y a eu erreur de ta part, mais du moins que l'intention était bonne. Pour éviter à l'avenir de semblables méprises, je t'invite à ne pas pousser ton zèle trop loin; ce serait dépasser ton but, et tu pourrais même, dans certaines circonstances, me causer un véritable chagrin. Aujourd'hui, par exemple, si, au lieu de m'apporter une lettre, l'exprès avait été chargé de m'apprendre de bouche ce qui m'intéresse au suprême degré, il est certain qu'en le renvoyant, comme tu l'as fait, ce matin, tu me privais de la plus grande jouissance que je puisse avoir sur la terre.

Francis. Oh, mon bon maître, je vous demande pardon ! Est-il possible de réparer ma faute ?

Ducis. Oui, mon fidèle Francis ; pour cela faire, il suffit de tâcher de rattraper l'exprès et de lui remettre cette lettre. Et dans le cas, où, en raison de l'avance qu'il a sur toi, tu ne pourrais l'atteindre, il faudrait alors pousser jusqu'à Versailles, et porter cette lettre à son adresse, c'est-à-dire, au directeur du Théâtre-Français, rue de Satory, 32.

Francis. J'y cours, Monsieur.

(Francis sort.)

<hr>

SCÈNE II.

DUCIS, seul.

Ducis. Ce pauvre Francis, comme il m'a touché ! Quel homme et quel cœur ! Son intelligence, il est vrai, est loin d'égaler sa sensibilité. Mais est-ce bien un mal ? Vraiment, quand je considère l'attachement qu'il a pour moi, malgré mes défauts, je suis tenté de bénir la Providence de l'avoir fait tel qu'il est. Oh ! j'assurerai ton avenir, mon bon Francis, je veux qu'à ma mort, tu puisses désormais vivre tranquille à l'abri de tous ces tracas et de toutes ces peines que tu redoutais si fort en entrant à mon service. Mais quoi ? j'aurais bien dû épargner à tes vieilles jambes la peine de courir sur la route de Versailles, puisque je dois y aller ce soir. Il convenait pourtant de faire savoir à M. le directeur, puisqu'il paraît y tenir, que je me rendrais sans faute à son invitation ; il fallait aussi lui envoyer sa quittance le plus tôt possible,

C'est donc ce soir que doit avoir lieu la reprise de mon Œdipe ! Comment sera-t-il accueilli ? Malgré l'assurance de M. le directeur, je ne suis pas tranquille. Oh ! qu'un auteur dramatique est à plaindre ! Toujours flottant entre l'espoir du triomphe et la crainte d'une défaite, à quels tiraillements n'est-il pas en proie ! Cruelle incertitude ! Je ne cesse de me demander si je ne ferais pas mieux de ne point assister à la représentation de ce soir, plutôt que de m'exposer à...... Allons donc ! allons donc ! ce serait une faiblesse et une insigne lâcheté. J'irai, puisque je l'ai promis ; oui, j'irai, à moins que ce pauvre M. Gervais ne soit plus mal.

A propos, que fait-il en ce moment ? La nuit a été mauvaise, et ce matin, il m'a recommandé de prier l'abbé Lemaire de lui accorder un entretien secret. Cela m'inquiète...... L'abbé Lemaire est sorti depuis bientôt deux heures, en sorte que je n'ai pu m'acquitter de ma commission. Ah ! heureusement le voici !......

SCÈNE III.

DUCIS, l'abbé LEMAIRE.

L'Abbé. Comment se porte notre Ducis ?

Ducis. Vraiment, tu as trop de bonté, cher ami, de t'intéresser au sort d'un profane, voué tout entier au culte de Melpomène.

L'Abbé. Cher ami, tous les talents émanent de Dieu ; ils ne sont pernicieux que par l'abus que l'on en fait. Heureux le poète qui, comme toi, sait comprendre sa noble mission ! Si j'ai consacré ma vie à ramener à Dieu des enfants égarés, ne leur as-tu pas, ainsi que moi, donné de grandes leçons de morale et de véritable religion ? Qui pourrait résister à cette touchante piété filiale dont Helmonde et Antigone offrent dans tes beaux vers un si parfait modèle ? Quel père n'ouvrirait son âme à la clémence et n'envierait le bonheur de pardonner, en écoutant ce qu'Œdipe adresse au coupable Polinice?... Va, mon bon Ducis, tes écrits valent bien mes sermons, puisqu'ils épurent les mœurs et font aimer la vertu. Crois-moi, Dieu juge toujours l'intention ; il ne tient compte que du bien ou du mal qu'on veut faire.

Ducis. Quelle aimable tolérance, mon bon Lemaire ! Afin de mériter l'indulgence du Dieu clément, dont tu es le digne ministre, aide-moi à mettre en pratique ce beau conseil qu'il nous donne dans son Évangile : *Facite vobis amicos de Mammonà iniquitatis,* et fais-moi le plaisir de distribuer aux pauvres cet or, fruit de mes profanes travaux.

L'Abbé. O mon bon Ducis ! que je reconnais bien là le cœur de celui qui a dit :

De bonnes actions sont de beaux vers de plus !

Mais tu fais mieux encore que de répandre de l'or par mes mains, tu fais aussi de la charité active. L'auguste Melpomène ne dédaigne pas de se faire sœur de charité et de s'asseoir au chevet des malades. C'est toi qui, cette nuit, a veillé notre pauvre M. Gervais ; dis-moi comment il l'a passée ?

Ducis. Pas trop bien ! La nuit a été pénible, agitée.... J'ignore s'il connait sa position mieux que moi ; mais il me charge de te prier de lui accorder un entretien secret. Je ne sais s'il ne s'agirait pas de confession.... Se sentirait-il assez mal pour réclamer les derniers sacrements? Pourtant, la chute qu'il fit il y a quelques jours, quoique grave, ne menace pas d'avoir une issue funeste. Ses souffrances sont plutôt morales que physiques. Plus j'y pense, plus j'incline à croire que nous avons affaire à un grand personnage qui s'efforce de se cacher sous le nom vulgaire de Gervais. Son ton, ses manières pleines de distinction, la pureté et l'élévation de son langage, tout en lui révèle une illustre origine.

L'Abbé. Ce que tu dis là me parait d'autant plus vraisemblable, que dernièrement, étant entré par hasard dans sa chambre à coucher, je vis le portrait en pied d'un général qui lui ressemblait parfaitement. Je remarquai, de plus, sur la cheminée, une boîte d'or d'un travail exquis, ornée d'un portrait de femme, encadré dans une riche garniture de diamants ; enfin, sur son bureau, je vis les bustes en marbre blanc, de Turenne et du grand Condé. Ce pauvre Gervais, qui affecte des dehors si simples, est peut-être l'une des grandes victimes de nos discordes civiles.

Ducis. Mais s'il en est ainsi, pourquoi nous taire ses infortunes? Pourquoi ne cherche-t-il pas à alléger ses peines en les confiant à notre fidélité?

> Amitié qui, sans toi, porterait ses malheurs ?
> Hélas ! nés pour souffrir, mêlons du moins nos pleurs.
> Malheureux ! Quoi ! faut-il, sur ce globe où nous sommes,
> Quand on peut les aimer, craindre toujours les hommes ;
> Se dire en gémissant, mais éclairés trop tard :
> Les voilà tous ensemble.... Et les cœurs sont à part !

L'Abbé. Dans ces temps si féconds en apostasie, n'aurait-il pas à se plaindre de la trahison d'un ami ?

Ducis. Non, non, mon cher Lemaire, cette supposition n'est pas admissible. Il n'est point de douleur que le temps n'apaise à la longue, si ce n'est celle qui résulte de l'abandon ou de la perte d'un enfant chéri ou d'une épouse adorée. Je me trompe fort si notre vénérable ami ne pleure pas en ce moment la perte d'un fils malheureux ou coupable.

L'Abbé. Je crois que tu as raison. Mais il est temps d'aller voir ce qu'il me veut ; je crains qu'il ne s'impatiente, et je crains cela avec d'autant plus de fondement, que j'entends son fidèle Ribelle, qui vient, sans doute, s'informer des causes de mon retard. A propos de Ribelle, je ne puis m'expliquer comment il se fait que, tout en servant avec un zèle et une fidélité à toute épreuve un homme de l'ancien régime, ce brave serviteur n'en affecte pas moins, dans son ton et ses manières, le style et les allures républicaines.

Ducis. Ma foi, je m'en étonne comme toi ; mais je ne me charge pas d'expliquer cette bizarrerie.

SCÈNE IV.

DUCIS, l'abbé LEMAIRE, RIBELLE.

Ribelle. Ci.... ci.... citoyens, ah pardon ! Messieurs, s'entend, Messieurs, votre très-humble serviteur.

Ducis. Salut, mon brave !

L'Abbé. Bonjour, Ribelle ! comment vous portez-vous ?

Ribelle. Vous me faites honneur, mon Aumônier ; si ce n'était la perte de mon bras, dont je gémis depuis quarante-six ans, je me porterais assez bien. Mon maître, plus heureux que Ribelle, conserve au moins les deux siens pour servir sa patrie.

L'Abbé. Comment donc se porte-t-il aujourd'hui, votre maître, Ribelle ?

Ribelle. Mon maître, Monsieur, est plus heureux sur son lit de douleurs qu'un tyran sur son trône.

L'Abbé. Je n'en doute pas ; mais vous ne répondez pas à ma question. Je vous demande comment il se porte en ce moment ?

Ribelle. Pas trop bien, mon Aumônier, pas trop bien ! Quand je dis pas trop bien, s'entend, je ne veux pas dire que je regarde sa chute comme très-dangereuse, non. Mon pauvre maître en a vu bien d'autres, s'entend ; et, comme je le disais tout-à-l'heure, il a eu au moins la chance de conserver ses deux bras pour le service de sa patrie. Qu'est-ce que sa chute, après tout ? Quelques contusions qui seront bientôt guéries. Le mal n'est pas là, il est ici (*montrant son cœur*). Et comme pour ces sortes de maux, les médecins sont tous des bêtes, des ânes, quoi! c'est à vous, mon Aumônier, que mon maître a recours, et il vous fait prier de passer chez lui.

L'Abbé. J'y allais, Ribelle, j'y allais. Je ne fais que rentrer et déjà M. Ducis m'a fait part du désir de votre maître. Je vais voir ce qu'il me veut; je vous laisse ici.

(L'abbé sort.)

SCÈNE V.

DUCIS , RIBELLE.

Ducis. Il faut que votre maître ait bien du mérite, mon brave Ribelle, pour avoir su s'attacher en si peu de temps un serviteur tel que vous.

Ribelle. Comment, Monsieur, en si peu de temps! Eh! il y a plus de soixante années que je le sers.

Ducis. Raison de plus alors.

Ribelle. Citoyen..., Monsieur, s'entend, les bons maîtres font les bons serviteurs; vous ne vous étonnerez pas de l'attachement que je porte au mien, quand vous saurez que je suis son frère de lait; qu'il est le meilleur des hommes, et que je suis à son service depuis l'âge de quinze ans.

Ducis. Soixante ans au service d'un homme, c'est un long bail, Ribelle, c'est un long bail! Sans doute, vous avez mis de temps à autre quelqu'interruption dans votre service?

Ribelle. Non, Monsieur, je vous jure, je l'ai servi pendant soixante années consécutives.

Ducis. Ah! vous êtes un brave, Ribelle, et l'on ne saurait trop vous louer sous tous les rapports.

Ribelle, Monsieur, vous êtes trop honnête !

Ducis. J'ai entendu parler de votre valeur dans les combats, et l'on m'a dit que les journaux du temps avaient célébré plusieurs faits d'armes qui vous honorent. N'avez-vous pas assisté à la célèbre bataille de Fontenoy ?

Ribelle. Oui, Monsieur, j'étais à cette belle fête !

Ducis. Quel âge aviez-vous alors ?

Ribelle. J'avais 18 ans, Monsieur, pour vous servir, et j'étais alors sergent dans les Gardes-Françaises.

Ducis. Ce ne fut, sans doute, pas dans cette occasion que vous perdites votre bras ?

RIBELLE. Non, Monsieur, ce fut onze ans plus tard, à l'attaque de Port-Mahon, dans l'île Minorque, sous le commandement de M. le maréchal de Richelieu.

DUCIS. Racontez-moi cela, je vous prie.

RIBELLE. Volontiers, Monsieur. Nous venions d'emporter une redoute, et, animés par le succès, nous nous élancions contre le corps même de la place, quand nous fûmes assaillis par les feux croisés de deux bastions qui nous prirent en écharpe, et par un feu de mousqueterie des mieux nourris. Mon maître, l'épée à la main, marchait à la tête d'une colonne d'assaut, que la mitraille écrasait. Dans cette circonstance, je m'élançai devant lui, pour lui faire un rempart de mon corps ; ce fut alors que j'eus le bras emporté par un boulet.

DUCIS. Admirable dévouement ! Votre maître a donc servi, Ribelle ? Je l'avais pris jusqu'alors pour un riche industriel retiré des affaires pour cause de cécité. Quel grade avait-il dans l'armée, votre maître ?

RIBELLE (*embarrassé de son indiscrétion, se trouble et balbutie*). Qui ? moi ! J'ai parlé de mon maître ! Mais non, mais non.... Ah ! Monsieur, quand j'ai parlé de mon maître, je n'entendais parler que du maréchal duc de Richelieu ; car un général est aussi le maître de ses soldats, n'est-il pas vrai ?

DUCIS. Sans doute ; mais Ribelle, vous m'avez dit tout-à-l'heure que vous aviez servi votre maître pendant soixante années consécutives. Comment alors auriez-vous pu le servir, s'il n'avait été militaire comme vous ?

RIBELLE (*son embarras redouble*). Citoyen !..... citoyen !..... Monsieur, ah ! pardon. Quand on sert..... ah ! oui..... quand on sert sa patrie, on sert aussi son maître ; car les maîtres sont intéressés à la prospérité nationale, sans laquelle les arts, le commerce et l'industrie languissent et meurent. Servir l'État, c'est comme qui dirait améliorer la condition de tous : c'est donc aussi servir son maître.

DUCIS (*réprimant un sourire*). Ah ! c'est juste. Que devîntes-vous, mon pauvre Ribelle, après avoir perdu votre bras ?

RIBELLE. Grâce à mon courage et à la protection de mon maître.... de M. le maréchal de Richelieu, s'entend, j'étais devenu sous-lieutenant au régiment de Royal-Dauphin. Je ramassai mon épée de la main gauche et je m'élançai sur la brèche ; mais affaibli par la perte de mon sang, je tombai sans connaissance, et quand je revins à moi, la ville était prise, et je me retrouvai étendu sur un lit magnifique, dans un appartement richement meublé. Mon maître.... ah! pardon, mon général, s'entend, me tenait entre ses bras; il était pâle, et de grosses larmes coulaient le long de ses joues. Plusieurs hommes de l'art m'entouraient. Mes chairs étaient déchirées et pendaient en lambeaux. Il fut question de me faire l'amputation, et l'on me fit l'honneur de me demander mon avis. Faites, Messieurs, faites, leur dis-je, faites tout ce qui vous plaira, je m'abandonne à vous et je ne vous demande que la permission de fumer une pipe de tabac. Alors une belle dame, que je n'avais pas encore remarquée, me présenta, avec un sourire gracieux, une jolie pipe en *écume de mer*, bourrée d'excellent tabac de la Havane. Le Français est galant dans toutes les circonstances... Ah! ah! ah! Madame, que je lui dis, j'ai l'honneur d'être votre parent, car vous portez mon nom. — Comment cela, Monsieur l'officier? qu'elle me dit, je n'ai pas celui de vous connaitre. — Vous riez et vous êtes belle, et je m'appelle Ribelle! Ah! ah! ah!.... Tous ces messieurs rirent beaucoup du bon mot et conclurent que l'opération réussirait, parce que j'avais du courage, que j'étais gai et que j'avais de l'esprit. Ah! ah! ah!....

Ducis. Il n'y a rien qui n'y paraisse, mon cher Ribelle; sans doute, vous avez fait vos études quelque part. Cela ne se conçoit pas autrement.

Ribelle. Moi! Monsieur, jamais; mon talent est naturel. Quand je dis naturel, s'entend, je me trompe. Il fut, au contraire, l'effet d'un heureux hasard.

Ducis. Comment cela?

(*Francis entre sur la scène.*)

SCÈNE VI.

DUCIS, RIBELLE, FRANCIS.

Francis. Monsieur!

Ducis. Ah, te voilà déjà! Tu n'as donc pas été loin?

Francis. Non, Monsieur; en sortant d'ici, ne sachant pas si l'exprès avait pris la route ou la traverse, j'ai eu l'esprit de demander à un passant s'il n'avait pas vu l'homme que je cherchais. — Quel homme cherchez-vous? qui me dit-il. — Je cherche l'homme qui est venu ce matin apporter un *pâpier* à M. Ducis. — Ah ! on est venu apporter, ce matin, un *paapier* à M. Ducis, j'en suis bien aise. Mais comme depuis que je suis ici, j'ai vu passer déjà dix personnes au moins, qui toutes eussent été capables de porter un *paapier* à M. Ducis, dites-moi, je vous prie, quelle est parmi toutes ces personnes celle que vous cherchez ? — Monsieur, la personne que je cherche, que je lui dis, est un grand sec, portant des bas bleus, une culotte de toile grise et une veste jaune. — Ah ! bien, l'ami ! L'homme que vous me dépeignez est entré, il y a deux heures environ, à l'auberge du Grand-Cerf, et je ne l'en ai pas vu sortir. — Merci, Monsieur, que je lui dis. — Adieu, nigaud ! qui me dit-il. Je courus au Grand-Cerf, j'y trouvai votre homme qui mangeait une omelette, je lui remis votre lettre et me voilà !

Ducis. C'est bien, Francis, merci. Maintenant à vous, mon cher Ribelle, vous alliez me dire à quelle circonstance vous dûtes la révélation de vos talents : ne seriez-vous plus disposé à satisfaire ma curiosité ?

Ribelle. Toujours, Monsieur, toujours. J'avais entendu dire que quand on avait le bonheur de passer sous l'arc-en-ciel, le jour de la Pentecôte, s'entend, on devenait tout-à-coup un autre homme ; on sentait sa langue se délier et le don de l'esprit se loger dans le cerveau. Or, le jour de la Pentecôte en l'an 1750, j'avais alors 23 ans, vers les quatre heures du soir, me rendant de Cambrai à Valenciennes, où mon régiment tenait garnison, je fus assailli sur la route par une bourrasque épouvantable. La pluie tombait par torrents et le tonnerre grondait comme nos canons à Fontenoy. Je me réfugiai dans une cabane abandonnée qui se trouvait à quelques pas de la route, et là j'attendis que l'orage fut passé. Ce qui est violent ne dure pas, dit-on ; cette vérité qui n'est pas toujours vraie, s'entend, le fut pourtant dans cette circonstance. L'orage passé, je sortis de ma cachette, et ayant aperçu un magnifique arc-en-ciel au sein de la nue, je me souvins à propos de la vertu que l'on attribue à ce bel astre. Je courus me placer au centre de ce brillant ma.... ma.... mata.... ta..., dor, de ce mata.... matamor.

Ducis. Météore, Ribelle, météore.

Ribelle. Ah ! oui, météore ; et j'adressai cette prière à l'Eternel : Etre suprème, puisqu'il est dit que ceux qui ont le bonheur de stationner sous ce bel astre, ont le don de la parole, infuse en moi ce don précieux pour la glorification de ton serviteur et le bonheur de sa patrie ! J'avais à peine achevé ma prière, que je me sentis tout-à-coup un autre homme ; l'esprit m'incendiait le cerveau, et je.....

Francis. Ah bien ! s'il ne faut que passer sous l'arc-en-ciel pour avoir de l'esprit, j'en aurai donc ; car la première fois que je verrai l'arc-en-ciel, je courrai me mettre dessous.

Ducis. Tu feras bien, Francis.

Ribelle. Vous oubliez, citoyen Francis, que pour que l'effet ait lieu, il faut absolument que ce soit le jour de la Pentecôte.

Francis. Ah ! c'est vrai, fichtre ! Je n'ai pas de chances......

Ribelle. Je vous disais donc, Monsieur, que la tête me brûlait, et une demi-heure après, quand j'entrai à Valenciennes, je me trouvai tout-à-coup orateur et poète.

Ducis. Ah bah ! Voudriez-vous me dire, Ribelle, à quel signe vous reconnûtes que vous étiez devenu poète ?

Ribelle. Volontiers, Monsieur ; moi qui, une demi-heure auparavant, ne savais pas même ce que c'était qu'une rime, je composai sur-le-champ une chanson sur notre adjudant-major :

> Montaigu, l'adjudant-major,
> Il boit avec ivresse,
> Il sent avec finesse,
> Montaigu, l'adjudant-major,
> Il sait aussi se faire aimer du corps.
>
> Montaigu, l'adjudant-major,
> Il aime avec tendresse,
> Commande avec adresse.
> Montaigu, l'ad.....

Pardonnez-moi, Monsieur, si je n'achève pas ma chanson ; je vois venir M. l'aumônier, et il y a des plaisanteries dedans qui ne seraient peut-être pas de son goût. Ah ! ah ! ah !

SCÈNE VII.

DUCIS, l'abbé LEMAIRE, RIBELLE, FRANCIS.

L'Abbé. Ribelle, votre maître, espérant que le changement d'air lui fera du bien, m'a prié de vous dire d'aller l'habiller.

Ribelle. Suffit, mon Aumônier, j'obéis à la consigne.

Ducis. Et toi, Francis, comme je ne prévois pas que j'aurai besoin de toi avant le soir, je te donne congé pour la matinée.

Francis. Monsieur, vous êtes bien bon, je vous remercie.
(*Ribelle et Francis sortent.*)

SCÈNE VIII.

DUCIS, l'abbé LEMAIRE.

L'Abbé. Mon cher Ducis, sais-tu bien quel est l'illustre personnage qui se cache sous le nom modeste de Gervais ?

Ducis. Mais, mon ami, comment voudrais-tu que je le susse.

L'Abbé. Eh bien ! c'est le général comte d'Artanval !

Ducis. Quoi ! celui qui contribua si puissamment au succès des brillantes affaires de Rocoux et de Lawfeld ?

L'Abbé. Lui-même, mon ami; et comme tu l'as bien deviné, il gémit, non de la trahison d'un ami, mais de l'ingratitude de son fils unique, qui n'a répondu à sa vive tendresse que par le plus odieux abandon. Je ne commets aucune indiscrétion, mon cher ami, en te racontant ce qui vient de faire le sujet de notre entretien; car il se propose de t'en faire part, et dans un instant, il va lui-même descendre pour te prier de faire sa partie d'échecs.

Ducis. Sa partie d'échecs ! Il va donc bien mieux ?

L'Abbé. Il va mieux, en effet; car ses souffrances, comme tu le pensais, étaient moins physiques que morales. Il fléchissait sous le poids d'un chagrin d'autant plus affreux, qu'il n'osait le confier à personne. Le malheureux père, dans un violent accès de colère, s'était un jour oublié jusqu'à maudire son fils. Mais, de son propre aveu, depuis cet instant fatal, il ne connut plus de repos. Pressé par le remords, il me fit appeler pour l'aider à révoquer sa malédiction. Tu comprends, cher ami, quelle joie fut la mienne ! Je m'empressai d'acquiescer à ses désirs; et, soutenant dans mes bras l'infortuné vieillard, je l'aidai à abjurer l'anathème paternel. Cette action ramena dans son âme le calme et la sérénité que produit toujours la clémence; elle agit si efficacement que, comme il me l'avoua lui-même, il se sentit tout autre depuis qu'il avait allégé son cœur du poids affreux qui l'accablait, et il veut te voir pour te faire partager sa joie.

Ducis. Mais il n'est pas nécessaire qu'il descende; je vais monter chez lui.

L'Abbé. C'est ce que j'avais proposé; mais il s'y est refusé absolument. Il veut, dit-il, essayer ses forces ; et il pense que le changement d'air achèvera ce que l'acte qui vient de s'accomplir a si heureusement commencé. Sa joie, son bonheur, je le conçois ; mais ce que je ne puis comprendre, c'est, qu'infirme comme il l'est, il puisse encore jouer aux échecs. Tu dois avoir bon marché d'un tel partenaire.

Ducis. Eh bien ! tu te trompes, mon cher ami, il est plus fort que moi. Il a acquis à ce jeu par le toucher une telle habitude et une telle force, qu'on est tenté de croire que ses yeux se retrouvent au bout de ses doigts. Sur trois parties, ordinairement il m'en gagne deux.

L'Abbé. Est-ce possible ? Tu es cependant d'une force remarquable.

Ducis. C'est pourtant la vérité ! Mais il me semble que je l'entends.... Je ne me trompais pas, le voici.

SCÈNE IX.

DUCIS, l'abbé LEMAIRE, le comte d'ARTANVAL, RIBELLE.

(Le comte d'Artanval entre sur la scène soutenu par Ribelle ; Ducis et l'abbé Lemaire courent à sa rencontre et lui présentent un fauteuil dans lequel on l'assied avec précaution.)

Le Comte. Merci, Ribelle, merci ! Je me sens plus fort ; je suis mieux que je ne pensais, sois donc sans inquiétude. Me voilà entre mes deux fidèles, mes deux meilleurs amis. Je n'ai, pour le moment, besoin de rien ; tu peux me laisser.

(Ribelle sort.)

SCÈNE X.

DUCIS ; l'abbé LEMAIRE, le comte d'ARTANVAL.

Le Comte. Mon cher monsieur Ducis, notre cher abbé vous a sans doute entretenu de ce qui vient de se passer entre nous. Je dois à l'estime et à l'amitié que vous avez su m'inspirer l'un et l'autre, une confidence plus complète. Je me nomme d'Artanval et je suis un ancien lieutenant-général des armées du roi. Ma femme, issue d'une des plus illustres familles de Bretagne, mourut le jour même où naquit mon fils. A cet enfant, devenu l'unique objet de mon amour, je prodiguai tout ce que peut la tendresse paternelle. C'est pour lui que j'ai perdu la vue. Dans un terrible incendie, qui réduisit en cendres une partie du château d'Artanval, je m'élançai pour sauver mon cher Arthur, âgé alors de six ans ; un écroulement de poutres embrasées rendait presque impossible tout accès à l'appartement où il reposait ; mais quel obstacle pouvait arrêter mon élan ? Je parvins jusqu'à son lit, je l'emportai à travers une obscurité profonde. Hélas ! j'espérais la voir se dissiper en sortant du gouffre affreux où je m'étais précipité. Mais je ne tardai pas à m'apercevoir que les flammes, dont j'avais bravé l'ardeur dévorante, m'avaient pour toujours privé de la lumière. Cet événement cruel fut longtemps adouci par l'inexprimable tendresse d'Arthur, qui cherchait tous les moyens de me dédommager de ce que j'avais perdu pour lui.... Qui m'eût dit alors qu'il serait un jour indigne du sang qui l'a fait naître, et qu'on le citerait parmi les fils ingrats ?.... Ce fils indigne, qui devait hériter un jour de mon nom et de mon immense fortune, et qui seul devait adoucir le triste sort d'un père aveugle, m'a abandonné à des soins mercenaires, pour courir les hasards des combats. Il a bravé mes ordres réitérés, mes supplications les plus pressantes, pour aller se battre contre des proscrits issus de son sang, pour égorger de ses mains ses parents les plus proches, les amis de sa famille, les anciens frères d'armes de son père. Voilà douze ans qu'il m'a quitté. Et comme si ce crime n'était pas encore assez odieux, il eut l'ignominie, lui, l'unique héritier des comtes d'Artanval, appartenant par sa mère aux nobles familles des Puységur et des Montmorenci, de rompre les engagements les plus sacrés, de refuser la main de mademoiselle Athénaïs-Alberte-Joséphine-Edmonde de Cornimont, fille du marquis de Cornimont, allié à la maison princière des Rohan-Chabot; et cela, pour faire ce qu'on appelle un mariage de cœur, pour épouser une fille sans nom, qu'il décore stupidement de toutes les vertus de son sexe.... Infamie ! Eh bien ! puisqu'il n'a pas craint de couvrir de honte et de confusion le front de son père, puisqu'il a déshonoré le nom jusqu'alors sans tache de ses nobles aïeux, j'ai fait serment de renoncer au monde pour jamais ; j'ai changé de nom, j'ai erré de ville en ville, de village en village, afin de me soustraire aux recherches d'un rebelle que je ne reverrai plus que sur ma tombe !....

Ducis. Je suis peu familiarisé avec les principes qui régissent vos nobles maisons, monsieur le Comte ; aussi, j'aurais mauvaise grâce, quelle que soit la divergence de nos opinions sur ce que vous appelez mariage de cœur, de venir plaider devant vous la cause du libre choix. Toutefois, j'avoue que c'est moins sur ce point que j'établis la culpabilité de M. votre fils, que sur l'abandon où il vous laissa, dans l'état où vous êtes. Hélas ! monsieur le Comte, telle est la fatalité de l'esprit de parti, qu'il sépare le fils du père et arme les frères les uns contre les autres.... Mais vous avouerez et comme militaire et comme français, qu'après la voix puissante d'un chef de famille, la plus irrésistible est celle de la patrie. On a vu les fils des plus anciennes maisons de France marcher dans les rangs de nos braves défenseurs ; leur exemple aura sans doute entraîné celui qui devait être le soutien et la consolation de votre vieillesse.

L'Abbé. Si le ciel veut que les enfants soient soumis, il veut aussi qu'un père soit clément et qu'il sache pardonner. Adam bénit en expirant le meurtrier de son cher Abel ; Jacob ne put résister aux remords de Siméon, qui lui avait apporté la robe sanglante de Joseph ; et l'enfant prodigue, après tant de fautes, de désobéissances et de crimes, fut accueilli avec ivresse sous le toit paternel.

Le Comte. Pour moi, je ne recevrai jamais sous le mien l'ingrat qui m'a trahi, qui m'a deshonoré, qui m'a si indignement abandonné.... Sans doute, il met tous ses soins à me découvrir ; mais je saurai si bien me cacher, me restreindre à l'existence la plus obscure, que.....

Ducis. Votre bienfaisance vous trahira ; la bonté de votre âme déborde malgré vous ; et, plus le cœur est malade, plus il cherche à s'alléger par le bonheur des autres.

L'Abbé. Avouez, cher Comte, avouez que la seule révocation du terrible anathème, dont vous aviez frappé le malheureux Arthur, a porté dans vos sens un calme salutaire. Ah ! si vous lui devez la vie, n'est-ce pas un engagement pris avec Dieu d'achever votre ouvrage, et d'ouvrir les bras à votre fils ?

Le Comte. Jamais ! non jamais ! Plutôt cent fois mourir que d'oublier ce qu'il a fait.

L'Abbé. Dieu n'exige pas qu'on oublie, mais veut qu'on pardonne.

Le Comte. Finissons, cher Abbé. Je vous aime et je vous révère trop pour m'exposer à rompre avec vous. Ne me parlez donc plus du coupable, si vous voulez conserver l'amitié que je vous ai vouée en échange de la vôtre qui m'est si chère.....

L'Abbé. Oh! pourtant, monsieur le Comte!

Le Comte. Oh! pourtant! oh! pourtant, monsieur l'Abbé! c'est chose invinciblement résolue; et, pour couper court à toute discussion, je vous apprends que, puisque mon coupable fils a dérogé à sa naissance et menti à son nom, je veux, à son exemple, et renonçant à jamais au mien, je veux adopter un enfant du peuple, qui prendra le nom de *Gervais*, et auquel je ferai donation de tous mes biens.

L'Abbé. Quoi! c'est ainsi, monsieur le Comte, que vous entendiez révoquer l'anathème dont vous aviez frappé le malheureux Arthur, et....

Le vieux Comte (*exaspéré*). Monsieur! Monsieur!..... (*Il ne peut achever. Suffoqué par la colère, il tombe sans connaissance entre les bras de Ducis. L'abbé Lemaire tire vivement la sonnette, Ribelle et Francis accourent et transportent le vieux comte sur son lit.*)

(*La toile tombe.*)

FIN DU PREMIER ACTE.

ACTE DEUXIÈME.

SCÈNE PREMIÈRE.

L'abbé LEMAIRE, seul dans l'appartement de Ducis.

L'Abbé. Mon Dieu ! que Ducis tarde donc à rentrer ! Que je suis impatient de le voir pour lui confier mes inquiétudes !..... Non pas que nous ayons à nous alarmer désormais de l'état du comte, non : sa santé est en voie de progrès, et son évanouissement n'a pas eu de suite, heureusement ! Dieu qui connaît la pureté de mes intentions, n'a pas voulu que j'eusse à me reprocher un accident plus grave qu'une simple faiblesse..... Hélas! mes inquiétudes sont d'une autre nature... Je viens de passer chez ce malheureux et obstiné vieillard, je l'ai trouvé assez bien, mais très-préoccupé. Il m'a reçu avec une froideur marquée. J'ai pu m'apercevoir que j'avais perdu une grande partie de mon crédit. Grâces à Dieu ! Ducis a conservé le sien tout entier, et je compte un peu sur son influence, sur sa parole douce et persuasive, pour parer aux éventualités que je prévois. Ah bon ! J'entends venir quelqu'un, serait-ce lui? Non, c'est Ribelle.

SCÈNE II.

L'abbé LEMAIRE, RIBELLE.

Ribelle. Salut, mon Capitaine ! Ah pardon ! mon Aumônier, s'entend.

L'Abbé. C'est bien ! Ribelle, c'est bien ! Il n'y a pas d'affront, mon brave.

Ribelle. Mon maître, M. Gervais, m'envoie demander si M. Ducis est chez lui. Je vois qu'il n'y est pas, et je suis d'autant plus fâché de son absence, qu'il m'aurait peut-être épargné une course que je ne ferai que malgré moi.

L'Abbé. Ce serait donc une bien longue course que vous auriez à faire, mon pauvre Ribelle ?

Ribelle. Longue ou courte, je ne la ferai qu'à regret..... Oh! mille bombes ! mille tonnerres !...... J'aimerais mieux voir braquer contre moi tous les canons de Fontenoy, ou recevoir dans ma poitrine toute la mitraille de Port-Mahon, que de faire une telle commission.

L'Abbé. Est-elle donc si désagréable pour vous, cette commission ?

Ribelle. Si elle l'est ! Monsieur, si elle l'est ! Ah ! elle l'est plus que je ne saurais le dire, et si M. le com..... M. Gervais, s'entend, veut absolument qu'elle se fasse, ma foi, il fera bien d'en charger un autre que moi.

L'Abbé. Laissez-là votre Gervais, mon pauvre Ribelle, et appelez votre maître par son véritable nom. Vous n'avez plus de précautions à prendre vis-à-vis de moi, ni de M. Ducis ; car M. le comte nous a révélé lui-même le secret de sa naissance et la source de ses chagrins.

Ribelle. Oh ! tant mieux alors, tant mieux ! Je pourrai donc vous parler à cœur ouvert ; je ne serai plus obligé de rester sur le qui-vive pour barrer le passage à tous ces gros vilains secrets qui veulent toujours sortir de votre poitrine, et qui, forcés d'y rester, vous étouffent.

L'Abbé. Ne vous gênez donc plus, Ribelle, mettez-vous désormais à l'aise.

Ribelle. Eh bien ! mon Aumônier, puisque M. le comte vous a raconté ses chagrins, vous savez donc qu'il a un fils et que ce fils est l'objet de sa colère. J'admets que son fils ait des torts, oui. Mais si son fils a des torts, s'entend, ce n'est pas une raison pour le déshé-riter et adopter à sa place le fils d'un autre, son filleul, par exemple, le petit Emile, le fils à Simon le tisserand, quoi !

L'Abbé. Non, sans doute.

Ribelle. Eh bien ! c'est pourtant pour ça qu'il veut m'envoyer chercher le tabellion du district. Or, vous comprendrez facilement, Monsieur, combien cette commission me déplaît, quand vous saurez que j'aime mon jeune maître presqu'autant que monsieur le déteste, quoi ! Ah ! c'est que, voyez-vous, mon Aumônier, M. Arthur est mon élève, que je peux dire que j'en suis fier. Il me disait toujours : Ribelle, fais-moi faire l'exercice ; Ribelle, raconte-moi une bataille ; Ribelle, dis-moi comment on monte à l'assaut ; Ribelle ci, Ribelle ça, que ça ne finissait plus. Si bien que je lui chantais des airs patriotiques, en cachette, s'entend ; car M. le comte n'entend pas de cette oreille-là. Que s'il l'avait su, il m'aurait chassé sans égard pour mon dévouement, mes blessures et mes longs ser-vices. Je vous demande un peu, Monsieur, quelle manie ! Pour-quoi ne pas aimer ces beaux chants nationaux qui font bouillon-ner le cœur et la tête ? Ah ! Je ne suis pas comme ça, moi ! j'aime

la patrie, le roi, la république, le premier consul et tout le tremblement, quoi ! Et je me dis souvent que toutes ces bonnes gens ne
se détestent que faute de s'entendre, n'est-il pas vrai, Monsieur?

L'Abbé (*riant*). Ah ! vous avez raison, Ribelle, vous avez raison.

Ribelle. Je lui apprenais donc à faire l'exercice, et quand j'avais
dit : Par le flanc droit, en avant marche ! je me mettais à la tête de
la colonne, et en guise de tambours et de trompettes, que nous n'a-
vions pas , je chantais :

> Si quelque jour au noble champ de gloire,
> L'ennemi appelait ta valeur,
> Cours-y, mon fils, et bientôt la victoire
> Ceindra ton front des lauriers du vainqueur.
> Mais si le chef d'une horde ennemie,
> De ta valeur voulait ternir l'éclat,
> Reste toujours fidèle à ta patrie!
> Voilà, mon fils, le devoir du soldat,
> Voilà, mon fils, voilà, mon fils, le devoir du soldat.

> En parcourant l'arène militaire,
> De l'indigent ne sois pas l'oppresseur ;
> Souviens-toi bien qu'on peut faire la guerre
> Sans ravager le sol du laboureur.
> Prends pour devise et l'honneur et la gloire,
> Rappelle-toi ces mots de Catinat:
> Il est si doux de remporter victoire !
> Voilà, mon fils, etc.

> Sois un lion au milieu du carnage,
> Et si Bellone enfin comble tes vœux,
> Pour remporter la palme du courage,
> Il faut aussi te montrer généreux.
> Au preux vaincu ne fais aucune injure ;
> S'il est trahi par le sort du combat,
> Deviens son frère et panse sa blessure.
> Voilà, mon fils, etc.

Vous ne sauriez croire, mon Aumônier, comme mon jeune
maître était beau avec ses yeux enflammés, sa figure martiale, son
attitude fière et belliqueuse. Quand ensuite, je le tenais debout entre
mes deux jambes, la tête haute, le regard fixe, et que je lui disais :

> En revenant couvert de cicatrices,
> A tes parents, tu diras à ton tour:
> L'État, pour prix de mes nobles services,
> M'a décoré; me voici de retour.

> Des feux d'honneur la couleur purpurine,
> Qui sur ton front parait avec éclat,
> Tu la verras briller sur ta poitrine.
>   Voilà, mon fils, etc.,

il ne se sentait plus maître de lui ; il bondissait comme un jeune lion, renversait chaises, tables, faisait un tapage infernal, sautait sur les fenêtres en criant à tue-tête, qu'il montait à l'assaut de Port-Mahon.

L'ABBÉ. Allons, mon pauvre Ribelle , si vous avouez que votre jeune maître a des torts, vous les partagez bien un peu aussi, à ce que je vois.

RIBELLE. Je ne dis pas non , Monsieur, je ne dis pas non ; mais, voyez-vous, quand on a du vif-argent et du feu dans les veines, on n'est pas fait pour porter la robe; ça vous entortille les jambes et vous empêche de courir. Chacun sa vocation, monsieur l'Aumônier, chacun sa vocation ; je ne vois que ça, moi. Par exemple, je voudrais bien voir quelle mine vous feriez, si on voulait vous obliger à troquer votre rabat contre une giberne.

L'ABBÉ. Ah ! pour cela, vous avez raison , Ribelle, j'en conviens. Mais laissez-moi vous faire une petite observation , à propos de ce que vous me disiez tout-à-l'heure. Il me semble que vous confondez un peu les dates. M. le comte nous a dit que son fils l'avait quitté , il y a environ douze ans ; or, à cette époque, cette chanson que vous citez, et dont on connait l'auteur, n'était pas encore composée. Comment donc pouviez-vous vous en servir en guise de tambour ?

RIBELLE. Ah ! mon Aumônier, ne chicanons pas pour si peu de chose. La mémoire à présent me fait un peu défaut. Mais si ce n'étaient pas ces couplets que je lui chantais, c'étaient d'autres airs patriotiques que j'avais composés moi-même et qui , je le dis sans vanité, valaient bien celui-là !....

L'ABBÉ. Bien! Ribelle, je vous l'accorde ; continuez, je vous prie.

RIBELLE. Tout alla si bien, qu'un beau jour mon jeune maître , à peine âgé de quinze ans , alla trouver son père et lui dit qu'il voulait être soldat et devenir général comme lui. M. le comte, qui ne s'attendait pas à ce coup de poing au cœur, pâlit comme s'il avait été touché d'une balle ; mais il se remit bientôt incontinent en selle et dit à son fils mille et une choses extrêmement agréables pour quiconque qui n'aurait pas voulu entrer dans la noble carrière. Il y a deux chemins, dit-il, pour servir la patrie. L'un, considérablement épineux, où l'on se heurte à chaque pas contre un boulet ou un éclat d'obus qui vous enlève, sans dire gare ! une partie de votre personnalité ; témoin Ribelle qui, à l'heure qu'il est, n'en a plus qu'un à mon service. L'autre, la magistrature, où l'on rencontre à chaque pas d'honnêtes citoyens que l'on défend, le sabre de la loi à la main, contre les attaques des coquins. Voilà votre part, vous n'en aurez point d'autre.

M. Arthur pleura pour la première fois de sa vie, mais bien. Il se jeta aux genoux de son père, le supplia de le laisser voler vers la gloire ; qu'il portait dans son cœur de l'étoffe pour devenir, comme les autres membres de sa famille, un brave... Rien ! Un mur. Il revint à la charge coup sur coup... Repoussé ! Oh ! alors il fallait en finir ; tant qu'enfin il songea à faire un coup d'État, un coup de tête, s'entend. Or donc, c'était un dimanche. Un ami de son père le rencontra, heureux comme un prince, au milieu d'une troupe de racoleurs. On l'arracha avec peine des mains de ces gueusards-là. On l'envoya à la Bastille dans sa chambre. Mais c'est ici, comme en bien d'autres circonstances qui me sont particulièrement burinées dans l'esprit, que vous remarquerez un tour de main de l'Être suprême. Il aime la France, c'est sa nation prédilectée. Et pourquoi ? Parce que la France aime la gloire. Lui qui n'est que ça, en a pour tout le monde ; le ciel est grand, il y a place pour tous les braves. Il veut que M. Arthur soit soldat, et voilà que sous son inspiration, un régiment passe sous les murs du château. La voix des chefs, les chants des soldats, les tambours, les bayonnettes reluisant au soleil, tout cela lui remue le cœur et la tête ; bref, sans bras ni jambe cassés, le voilà d'un saut dans la campagne, et d'un bond sous le drapeau. Son cœur respire, le coup lui avait réussi. Quand il se sentit à l'abri des poursuites de sa famille, il m'écrivit de dire à son père comme quoi il n'y avait plus eu moyen d'y tenir ; que la soif de la gloire l'étouffait ; qu'il savait par quel chemin on y arrive, celui que sa famille n'en connaissait pas d'autre, l'honneur ; que moyennant quelque grande bataille bien conditionnée, accompagnée de quelque bonne blessure, il espérait enlever à la pointe de son sabre, une épaulette dont il se ferait un bonheur de venir faire un jour hommage à son père. Cette lettre, voyez-vous, était stylée au mieux à l'endroit du sentiment. M. le comte n'a pas voulu en être touché. Loin delà, il me l'arracha des mains et la mit en pièces, comme si elle eût été d'un traître, quoi ! Il m'en vint une seconde : elle annonçait sa promotion au grade de sous-lieutenant. Il allait au pas accéléré, comme vous voyez. Même traitement que pour la première. Enfin, j'en reçus une troisième et dernière. En un temps et trois mouvements, M. Arthur venait d'être nommé capitaine. Il demandait pardon à son père d'avoir forcé la consigne, en des termes qui pleuraient comme une Madelaine, et le suppliait de consentir à son mariage, un mariage de cœur, s'entend, qui se négociait, le priant d'oublier le passé et de bénir le matrimonial qui n'attendait plus que ça pour être *consumé*.

Oh! monsieur l'Aumônier, vous le dirai-je, la colère de M. le comte ne connut plus de bornes ; elle éclata comme un volcan. Pour la première fois, je me repentis d'avoir soufflé dans le cœur de mon jeune maître, de mon capitaine, s'entend, le goût de la guerre. M. le comte lâcha toutes ses bordées contre son fils, et le maudit. Cependant, il lui envoya son consentement, et juste comme le Père éternel, il le mit en possession des biens de son maternel. Puis, il vendit son patrimoine, congédia son personnel, excepté moi, et me fit jurer de ne jamais prononcer devant lui le nom de son fils, de n'entretenir avec lui aucune correspondance. Que faire alors, Monsieur? Vous connaissez mon attachement pour M. le comte qui, à part sa colère qui est terrible, est bien le meilleur des hommes et des maîtres. Vous savez, monsieur l'Aumônier, puisque vous le connaissez, s'il mérite cet éloge.

L'Abbé. Oui, Ribelle, oui, votre maître est le meilleur des hommes ; et il est peut-être possible de concilier ses ressentiments et son excessive sévérité envers son fils, avec la bonté de son âme. Plus on aime, plus on est exigeant, et la plus cruelle des blessures est celle que cause l'ingratitude. Comparez, Ribelle, comparez la tendresse qu'il eut pour son fils, le danger qu'il courut dans l'incendie du château d'Artanval, la cécité qui en fut la suite, avec l'abandon où son fils le laissa, et dites-moi, la main sur la conscience, si la colère du comte ne se trouve pas suffisamment justifiée?

Ribelle. Vous avez raison, Monsieur, vous avez parfaitement raison ; d'autant plus que mon jeune maître a eu la maladresse d'épouser une fille du populaire à la place de *Melle Thanaïs de Cœur-dit-Non*, descendante, à ce qu'on assure, d'*Hérodes-en-Sabots*. Oh! voyez-vous, monsieur l'Aumônier, le remords abrégera mes jours.

L'Abbé. Allons, allons, mon pauvre Ribelle, n'exagérez rien, vous n'êtes coupable que d'imprudence, et vos regrets suffisent déjà pour expier votre faute. Achevez, je vous prie, votre récit.

Ribelle. Devant l'opiniâtre volonté de M. le comte, il ne me fut plus permis de balancer, je promis ce qu'il voulut. Alors, il changea de nom, quitta pour toujours le château de ses pères, et pensant que dans les grands centres de population, il échapperait plus facilement à toute recherche, nous visitâmes successivement la plupart des grandes villes de France, Paris excepté, dont le séjour lui déplaisait. De Nantes, nous allâmes à Bordeaux; de Bordeaux à Marseille; de Marseille à Toulouse; puis à Lyon, puis à Dijon, puis à Marsal, puis à Vic-sur-Seille. Mais partout mon maître apprit que le jeune chef d'escadron d'Artanval faisait les plus actives recherches pour découvrir l'auteur de ses jours. Ce fut ce qui obligea mon maître à ne s'arrêter nulle part. Il eut bien voulu se fixer à Vic, ci-devant capitale du pays Saulnois, ci-devant siége du domaine temporel des évêques de Metz, située presque au centre du ci-devant duché de Lorraine, dans un vallon fertile et pittoresque, justement vanté pour ses vins et ses bas de laine, et abondant en toutes sortes de produits. Cette résidence lui plaisait. Malheureusement, la ville de Vic est un chef-lieu d'étape assez rapproché de nos frontières de l'est, et par conséquent exposé à de fréquents passages de troupes. Mon maître craignit d'y rencontrer un jour son fils; il se décida à se rapprocher de Paris. Ce fut alors qu'il vint à Roquencourt, où nous sommes depuis sept ans, et où nous paraissons définitivement fixés. Il y a six ans qu'il tint sur les fonds de baptême ce petit marmouset de fils à Simon, qui me cause de si vives inquiétudes.

Ah! mon Aumônier, l'Être suprême me punit, et je l'ai bien mérité, puisque je suis la cause *de la brouille* de mes maîtres et de la substitution d'un intru aux droits du légitime.

L'Abbé. Ne désespérons de rien, mon pauvre Ribelle. Le mal que vous redoutez n'est pas encore fait. Je me concerterai avec M. Ducis pour y mettre obstacle. En attendant, il faudrait, par un moyen quelconque, retarder l'arrivée du notaire.

Ribelle. Oh! bien, Monsieur, s'il ne tient qu'à ça, je m'en charge. Ahie! ahie! mille tonnerres! maudite blessure, va!

L'Abbé. Mais, qu'avez-vous donc?

Ribelle. Oh! ce n'est rien, Monsieur, c'est une ancienne blessure que j'ai reçue à la cuisse à l'affaire de Roucoux. Elle vient de se rouvrir fort à propos; je pense que mon maître n'aura pas le courage de m'envoyer chercher son damné de tabellion dans l'état où je suis. Me voilà boiteux pour toute la journée. Ah! ah! ah!....

(*Ribelle se retire en affectant de boiter et de se plaindre.*)

SCÈNE III.

L'abbé LEMAIRE, seul.

L'Abbé. Allons ! il paraît que le brave Ribelle n'est pas dépourvu d'expédients. Il est vrai qu'ici sa conscience est un peu compromise et qu'il sent à bon droit l'aiguillon du remords. Quoiqu'il en soit, grâce à cette feinte blessure, nous voilà tranquilles aujourd'hui ; car je sais que le comte n'emploie pas volontiers d'autres commissionnaires que son fidèle Ribelle. Mais, mon Dieu ! mon Dieu ! que Ducis tarde donc à rentrer..... J'ai entendu tout-à-l'heure le bruit d'une voiture qui s'est arrêtée devant la porte de ma cour, c'est peut-être lui qui m'arrive.

———

SCÈNE IV.

L'abbé LEMAIRE, FRANCIS.

Francis. Monsieur !

L'Abbé. Qu'est-ce que c'est, Francis ? Tu viens m'annoncer l'arrivée de ton maître, n'est-ce pas ?

Francis. Non, Monsieur, c'est seulement un étranger qui voudrait lui parler.

L'Abbé. Eh bien ! fais-le entrer.

Francis. Ah ! Est-ce qu'il fallait le faire entrer ?

L'Abbé. Eh ! sans doute, la belle demande !

Francis (*à part*). Allons ! voilà que j'ai encore commis la même faute qu'hier. Pourtant, je m'étais bien promis de faire attention cette fois pour bien répondre. (*Haut.*) Monsieur !

L'Abbé. Eh bien !

Francis. Je regrette de m'être trompé ; malheureusement, il n'est plus temps......

L'Abbé. Comment ! il n'est plus temps ?

Francis. Non, Monsieur, car l'étranger *sort* de sortir.

L'Abbé. Nigaud ! voilà de tes tours ; tu n'en fais jamais d'autres : tu renvoies les gens, et puis après, tu viens demander ce qu'il faut faire.

Francis. Dam ! Est-ce que je sais, moi. Il ne m'a pas demandé d'entrer, celui-là. Il m'a dit comme ça : —Mon garçon, est-ce ici que demeure M. Ducis ? — Oui, Monsieur, pour vous servir, que je lui dis. — Est-il chez lui ? Je désirerais lui parler, qui me dit-il. — Non, Monsieur, il n'est pas rentré, mais il ne doit pas tarder, que je lui dis. En ce cas, mon garçon, veuillez, en attendant que votre maître revienne, m'indiquer une auberge où je puisse faire donner un picotin à mon cheval. — Monsieur, vous n'avez qu'à descendre la rue et tourner à gauche, alors vous verrez devant vous l'auberge du Grand-Cerf. Est-ce mal répondre, Monsieur?

L'Abbé. Non, Francis.

Francis. Si vous voulez, Monsieur, j'irai chercher l'étranger.

L'Abbé. C'est inutile.

Francis. Vous n'avez qu'à parler.

L'Abbé. Je te remercie.

Francis. Ne vous gênez pas, Monsieur, vous n'avez qu'à dire, je serais heureux de vous faire plaisir.

L'Abbé. Encore une fois, je te remercie, cela n'est pas nécessaire, puisque l'étranger a dit qu'il repasserait.

Francis. Ah! Monsieur, il n'a pas dit ça.

L'Abbé. Comment! Il n'a pas dit cela?

Francis. Non.

L'Abbé. Non?

Francis. Non, vous-dis-je.

L'Abbé. Comment! l'étranger ne t'a pas dit : en ce cas, mon garçon, en attendant que votre maître revienne, veuillez m'indiquer une auberge où je puisse faire donner un picotin à mon cheval?

Francis. Ah! pour ça, Monsieur, il l'a dit.

L'Abbé. Eh bien! Cela voulait dire qu'il repasserait ici, quand ton maître serait de retour.

Francis. Quoi! Monsieur, quand on dit : mon garçon, en attendant que ton maître revienne, je vais faire donner un picotin à mon cheval, cela veut dire, je repasserai ici, quand ton maître sera de retour? En vérité, les gens d'esprit ont une manière bien embrouillée de dire les choses. Moi, j'aurais dit tout bonnement : mon garçon, quand ton maître sera de retour, n'oublie pas de venir me chercher. Cela est plus clair et plus à la portée de tout le monde.

L'Abbé. Et surtout à la tienne, Francis; oui, j'en demeure d'accord. Eh bien! passons. Pourrais-tu me dépeindre au moins l'étranger en question ?

Francis. Monsieur, je ne l'ai pas bien vu, parce qu'il était enveloppé dans un grand manteau. Ce que je puis vous dire, c'est qu'il m'a paru un fort bel homme, malgré la balafre qui lui partage le front en deux. Il porte des moustaches : je crois que c'est un militaire.

L'Abbé. Était-il seul ?

Francis. Non, Monsieur, il était accompagné d'un petit garçon, beau comme un ange, qui paraît être du même âge que le petit Emile, le fils à Simon; mais il est bien plus propre et pour le moins aussi gentil. (*On entend le bruit d'une voiture.*)

L'Abbé. Ah! j'espère cette fois que c'est Ducis. Non. Je ne me trompais pas. Laisse-nous, Francis.

SCÈNE V.

L'abbé LEMAIRE, DUCIS.

Ducis. Accours, cher Lemaire, tu me manquais pour compléter mon bonheur! Viens vite m'offrir tes félicitations et partager ma joie..... Je viens d'obtenir le succès le plus complet. Mon *OEdipe* a été applaudi avec le plus frénétique enthousiasme, et je suis heureux au-delà de toute expression. Est-il rien de comparable à la gloire qui accompagne partout le poète dramatique que le public idolâtre? Quelle noble carrière que la nôtre! Que de jouissances elle nous procure! D'abord l'extase de la composition; ensuite l'ivresse du succès. Ah! je ne cesserai de répéter jusqu'au tombeau :

> Pour moi, pour moi, les vers sont toujours quelque chose,
> Quand le cœur les conçoit, quand l'esprit les compose.
>   Ah! qu'un poète est enchanté!
> Il l'entend, il ne voit, il ne sent autre chose;
> Ce n'est pas du plaisir, c'est de la volupté.
> Ami, conçois-tu bien ce qu'est la poésie?
>   C'est le nectar, c'est l'ambroisie;
> C'est la saveur des fruits, le doux parfum des fleurs;
>   C'est l'arc-en-ciel et ses couleurs;
> C'est une ivresse, un charme, en un mot, c'est la vie.

L'Abbé. Oh! je conçois ton enthousiasme, mon bon Ducis, et l'ovation dont tu es l'objet. Reçois, avec mes embrassements, mes sincères félicitations. Comme je serais disposé à partager tes peines, je prends part à ta joie et je jouis de ton triomphe, comme si j'en étais moi-même l'objet. Du reste, tes beaux succès ne m'étonnent point; je te les avais prédits, tu le sais, car ils sont le partage de tous ceux qui comme toi possèdent l'éloquence du cœur!.....

Ducis. Oh! mon cher ami, mon triomphe dépasse de bien loin toutes tes prévisions et mes espérances. Si tu savais! Mais pourquoi t'en ferais-je un mystère, à toi surtout qui vois dans mon cœur comme moi-même? Écoute : en arrivant dans la salle du spectacle, je songeai à me dérober aux regards du public, et j'avisai une loge grillée au fond de laquelle j'allai me placer. Dans cette même loge se trouvaient plusieurs officiers d'un régiment de lanciers, parmi lesquels j'en remarquai un dont les signes distinctifs annonçaient un colonel. Plusieurs cicatrices honorables ajoutaient à la noble expression de sa physionomie. Un bel enfant de six ans à peine lui prodiguait ses naïves caresses. Le colonel suivit les développements de mon premier acte avec un intérêt marqué. Au second acte, l'arrivée du vieillard aveugle appuyé sur sa fille, son guide infatigable, lui fit éprouver une vive émotion. Au troisième, pendant la scène où Polinice en proie à ses remords obtient enfin son pardon par l'entremise d'Antigone, j'entendis le colonel dire à l'un de ses voisins : « Oh! que n'ai-je une sœur! Elle m'aiderait de même à retrouver et à fléchir mon père.... » Ces paroles furent prononcées avec un accent de l'âme qui m'impressionna vivement. Je m'approchai du colonel, et j'entamai avec lui une conversation tellement intéressante, que j'oubliai de me cacher. Quelques spectateurs me reconnurent, et aussitôt les fleurs et les couronnes furent lancées contre les grilles de notre loge. Le colonel me regarda avec étonnement. — Quoi! Monsieur, serait-ce à l'auteur d'*OEdipe* que j'aurais l'honneur de parler? Ah! Monsieur, vous voyez à ce que j'éprouve, si vous savez trouver le chemin du cœur....—Monsieur, lui répondis-je, il est si facile d'arriver à celui des braves ! — Tous n'ont pas ainsi que moi le motif secret de s'intéresser à Polinice. — Monsieur, je le vois, éprouve le besoin de se retrouver dans les bras d'un père. — Vous le dépeignez si bien, ce besoin pressant, irrésistible !..... Mais depuis douze ans que j'en suis privé..... — Depuis douze ans! Oui, Monsieur. —C'est le seul chagrin, dit un des officiers présents, que j'aie connu au colonel d'Artanval. — D'Artanval, m'écriai-je avec un mouvement involontaire ! Ah! monsieur le Colonel, je bénis le hasard qui m'a placé près de vous. — Aurais-je donc l'honneur d'être connu de vous, Monsieur? — Je ne m'explique pas davantage, Monsieur, lui répondis-je en lui serrant la main; mais veuillez vous rendre demain matin au presbytère de Roquencourt, chez l'abbé Lemaire, mon intime ami, chez lequel je demeure depuis quelque temps ; je serais bien trompé, monsieur le Colonel, si cette heureuse entrevue ne laissait pas une longue trace dans votre souvenir. Le colonel accepta ma proposition, et nous allions nous séparer, lorsque, réfléchissant aux difficultés de mon entreprise, je pensai qu'un jour ne serait pas de trop pour mener à bonne fin

mon projet ; je demandai au colonel si les exigences du service militaire ne s'opposeraient pas à ce qu'il me fît l'honneur de m'accorder la journée tout entière. — Vraiment, Monsieur, me dit-il ,
je suis confus de vos bontés ; mais je dois avouer que les exigences
de mon service sont moins un obstacle à l'acceptation de votre invitation, que ne l'est la crainte d'être indiscret en abusant de votre
excessive politesse.—Alors, Monsieur, vous acceptez?—J'accepte ,
répondit le colonel. — Monsieur, une dernière faveur : promettez-
moi d'amener avec vous votre aimable enfant. —Je le promets, dit
le Colonel, en attachant sur moi un regard profond, comme s'il
eût voulu lire au fond de ma pensée. Après avoir échangé quelques
compliments, nous nous séparâmes. Je m'empressai d'aller prendre
un peu de repos, me promettant bien de me mettre en route de
bon matin, afin de me trouver le premier au rendez-vous et d'avoir le
temps, avant l'arrivée du colonel, de t'instruire de mon aventure.

L'Abbé. Dans ce cas, mon cher ami, tu n'as pas fait assez diligence.

Ducis. Comment! Que veux-tu dire ?

L'Abbé. Je veux dire que tu n'arrives que le second au rendez-
vous.

Ducis. Je n'arrive que le second ?

L'Abbé. Eh ! oui, le colonel est ici.

Ducis. Il est ici ! Tu l'as vu ?

L'Abbé. Non ; mais Francis lui a parlé.

Ducis. Et où est-il ?

L'Abbé. Il est allé, en t'attendant, remiser sa voiture à l'auberge
du Grand-Cerf.

Ducis. J'y cours.

L'Abbé. Un instant, mon cher Ducis ; avant d'aller chercher le
colonel, nous avons besoin de nous concerter ensemble, car depuis
ton départ, il y a du nouveau céans.

Ducis. Eh ! qu'y a-t-il donc ?

L'Abbé. Il y a, mon cher, que le comte est sur le point d'effec-
tuer la menace qu'il nous fit hier d'adopter le petit Émile , son
filleul.

Ducis. Diable ! diable ! Qui t'a dit cela ?

L'Abbé. Le vieux Ribelle auquel il a ordonné ce matin d'aller lui
chercher le notaire du district.

Ducis. Et Ribelle a fait la commission?

L'Abbé. Pas encore. Ribelle est très-attaché à son jeune maître.

Aussi, dans l'intérêt de celui-ci et pour ajourner les projets du comte, il affecte de boiter, prétextant qu'en se heurtant contre une table, une blessure qu'il reçut à la cuisse à l'affaire de Raucoux s'est rouverte. Or, nous savons que le comte n'emploie pas volontiers d'autre commissionnaire que Ribelle. Nous avons donc une journée tout entière pour disposer nos batteries, et combattre les projets du comte.

Ducis. Eh bien ! que penses-tu faire ?

L'Abbé. Je n'ai encore aucun plan arrêté. Avant tout, peut-être ne ferions-nous pas mal de sonder les dispositions de Simon.

Ducis. Ce n'est point mal vu. Je ne connais pas assez Simon, pour le juger; néanmoins, s'il était doué d'une certaine dose de délicatesse et de raison, il saurait comprendre les inconvénients qui résulteraient de la subite élévation de son fils.

L'Abbé. Simon, mon cher ami, est un brave ouvrier, sobre, laborieux et patient; il aime ses enfants avec beaucoup de tendresse, et je doute qu'il consente à abandonner au comte son petit Émile, même au prix de la fortune que celui-ci voudrait lui assurer.

Ducis. Eh bien ! s'il en était ainsi, mon cher Lemaire, nous nous empresserions de l'indemniser, afin que tout en perdant pour son fils une grande fortune qui serait peut-être une source de malheurs pour l'un et pour l'autre, ils puissent du moins jouir tous d'une modeste aisance, ce qui vaut beaucoup mieux.

L'Abbé. Je suis parfaitement de ton avis, et je trouve que dans la circonstance présente, tu auras été véritablement l'instrument de la divine Providence. C'est elle, n'en doute pas, cher Ducis, qui t'a inspiré la pensée de prier le colonel d'amener son fils; car, profitant de la cécité du vieux comte, nous substituerons au fils de Simon le fils d'Arthur, en sorte que tout en croyant embrasser son filleul, notre vénérable ami embrassera son petit-fils. Et alors qui sait ce que lui inspirera l'influence du sang et de la nature ?

Ducis. Bravo! Lemaire, bravo! C'est cela! Je répondrais presque du succès. Mais on se remue là-haut. Je crois que le vieux comte s'apprête à descendre ; écoutons, mais surtout soyons prudents.

SCÈNE VI.

DUCIS, l'abbé LEMAIRE, le comte d'ARTANVAL, RIBELLE.

RIBELLE (*encore dans la coulisse*). Mille tonnerres! Gredine de blessure, va!

LE COMTE (*dans la coulisse*). Tu souffres donc beaucoup? Allons! laisse-moi. (*Le Comte paraît au fond du théâtre avec Ribelle.*) J'essaierai de marcher seul.

(*Ducis et l'abbé Lemaire courent au-devant du comte. Plus prompt que son ami, Ducis arrive le premier et lui offre son bras.*)

LE COMTE. Cher poète, je vous remercie. (*A l'abbé Lemaire qui lui offre aussi le sien.*) Et vous aussi, cher Abbé? Il me tardait, mes bons amis, en venant prendre congé de vous, de vous exprimer toute ma reconnaissance pour l'affectueuse et intelligente charité que vous avez exercée l'un et l'autre à mon endroit.

L'ABBÉ. Eh quoi, monsieur le Comte! Songeriez-vous déjà à nous quitter, et cela avant votre entier rétablissement? Oh! Monsieur, c'est impossible! Vous n'y avez pas sérieusement réfléchi, vous ne me feriez pas ce chagrin-là.

LE COMTE. Cher ami! vous êtes trop bon, en vérité. Outre qu'il ne me convient pas d'abuser plus longtemps de l'hospitalité que vous m'avez offerte si généreusement, je dois convenir que je me suis rendu peu digne de votre bienveillance par mes emportements.

L'ABBÉ. Comment donc, monsieur le Comte! Que voulez-vous dire? Bon Dieu! que voulez-vous dire?

LE COMTE. J'ai mille excuses à vous faire, cher ami, pour la vivacité avec laquelle j'ai accueilli hier vos charitables avis.

L'ABBÉ. Eh quoi, monsieur le Comte! N'est-ce pas à moi plutôt de vous demander pardon d'avoir poussé le zèle et l'indiscrétion plus loin que je ne le devais?

LE COMTE. Vous êtes, mon cher Abbé, vous êtes, vous, le ministre du Dieu des miséricordes, et votre zèle n'a rien qui doive me surprendre. Vous faites votre devoir; mais je fais le mien aussi, en repoussant pour jamais loin de moi le fils ingrat qui m'a si indignement abandonné.

L'ABBÉ. Ah! monsieur le Comte, vous avouez donc que le Dieu que nous servons est le Dieu des miséricordes! Comment alors conciliez-vous la loi d'amour et de mansuétude qu'il est venu proclamer sur la terre avec la haine implacable qui vit dans votre cœur?

Le Comte. Monsieur l'Abbé, Dieu n'est pas seulement le Dieu des miséricordes, il est aussi le Dieu des vengeances. Quand l'impie a comblé la mesure de ses crimes, il le brise et l'abandonne à toute la rigueur de son implacable et éternelle justice. Eh bien ! Si un père est sur la terre l'image de Dieu, si l'on est convenu d'appeler piété filiale, les sentiments d'un fils tendre et respectueux pour l'auteur de ses jours, j'ai bien le droit d'appeler impie l'enfant dénaturé qui abandonne le sien, infirme et glacé par l'âge, à toutes les rigueurs de sa cruelle destinée.

L'Abbé. Mais si votre fils se repent, monsieur le Comte, devez-vous oublier que Dieu, dont vous tenez la place, ne veut pas la mort de l'impie et qu'il ne frappe de la réprobation éternelle que le pécheur endurci et impénitent ? Il est peu question de sa colère dans les saints Évangiles, mais il est beaucoup parlé de sa clémence et de ses bienfaits. Il se peint lui-même, tantôt sous l'image touchante du père de famille pressant l'enfant prodigue dans ses bras paternels, tantôt sous la figure du bon pasteur donnant sa vie pour son troupeau, allant chercher la brebis égarée et la rapportant sur ses épaules au bercail.

Le Comte. Et moi aussi, monsieur l'Abbé, et moi aussi, n'ai-je pas rapporté sur mes épaules à travers les flammes du château d'Artanval la brebis égarée ?

L'Abbé. Eh bien ! Monsieur, complétez donc votre ressemblance avec votre divin modèle.

Le Comte. Je l'eusse fait, Monsieur, si la brebis sauvée ne se fût changée en un hideux serpent, dressant sa tête impie pour déchirer son bienfaiteur ! Dans cette triste circonstance, qu'eût fait le bon pasteur ? Qu'eussé-je dû faire moi-même ?

L'Abbé. Imiter encore votre Dieu ! Jésus-Christ mourant pardonnait à ses bourreaux !!!

(*Le comte, visiblement ému, s'efforce de cacher son embarras.*)

Ah ! monsieur l'Abbé ! N'oubliez pas que Jésus-Christ est Dieu et que je ne suis qu'un homme. D'ailleurs, n'ai-je pas révoqué l'anathème que j'avais prononcé contre mon coupable fils? C'est tout ce que je puis faire pour lui; n'en parlons donc plus, s'il vous plait. Et afin qu'il n'en soit plus question, je veux, sans plus de retard, réaliser mon projet d'adoption en faveur de mon filleul. Eh bien, Ribelle ! Et mon notaire? Tu ne te trouves guère en état d'aller le chercher, n'est-ce pas, mon brave ? Si je faisais demander une voiture, cela t'arrangerait-il ?

Ribelle. Une voiture ! Monsieur, ce serait mille fois pis. J'aimerais mieux risquer le paquet, et entreprendre la route à pied. Ahie ! ahie ! Vous ne savez donc pas quelles sont les voitures de ce maudit pays ? Ce sont de vieux coucous hors de service ; de vrais casse-cous, quoi ! Ahie ! ahie ! Une voiture ! Ah ! Monsieur, vous voulez donc en finir avec le vieux Ribelle ?

Ducis. Monsieur le Comte, votre médecin ne tardera pas à venir ; il examinera la blessure de Ribelle, qui, bien que fort douloureuse, à ce qu'il paraît, ne sera peut-être pas grave ni de longue durée. Ne sauriez-vous différer jusqu'à demain la réalisation de votre projet ?

Le Comte. Mais si la blessure de Ribelle n'était pas guérie demain ?

Ducis. Eh bien ! alors, vous auriez la ressource d'employer un autre commissionnaire.

Le Comte. Et pourquoi ne ferais-je pas aujourd'hui ce que je pourrais faire demain ?

Ducis. Oh ! Qu'à cela ne tienne, monsieur le Comte. Je mets Francis à votre disposition.

Le Comte. Je vous remercie, cher ami, je ne veux pas abuser de votre complaisance. J'attendrai à demain, c'est décidé.

L'Abbé. Puisque vous êtes en train de prendre des décisions, monsieur le Comte, décidez-vous donc aussi à rester notre commensal jusqu'à votre entier rétablissement.

Le Comte. Impossible ! Cher Abbé, impossible ! Il y a des bornes à tout ; et comme je vous l'ai dit, je ne veux pas abuser plus longtemps de vos bontés.

L'Abbé. Oh ! monsieur le Comte, si vous vous obstinez à me refuser l'objet de ma requête, je serai fondé à croire que la franchise de mon langage vous a déplu, et que.....

Le Comte (*vivement*). Oh ! ne croyez pas cela, cher ami, ne croyez pas cela. Je suis plein d'estime et d'attachement pour vous, et s'il faut vous en donner une preuve, je consens à rester encore chez vous jusqu'à demain matin, à la condition toutefois que vous voudrez bien alors, vous et notre cher poète, me ramener chez moi, et me consacrer votre journée tout entière. Comme c'est demain décidément, que je compte adopter mon cher Emile, je désire que vous soyez présents à cette fête de famille, et que vous m'aidiez à porter le poids de mon bonheur.

L'Abbé. J'accepte, monsieur le Comte.

(Francis entre sur la scène.)

SCÈNE VII.

DUCIS, l'abbé LEMAIRE, le COMTE, RIBELLE, FRANCIS..

FRANCIS. Monsieur!

DUCIS. Qu'y a-t-il?

FRANCIS. C'est un étranger qui désire vous parler.

DUCIS. Fais-le entrer. (*A part.*) C'est peut-être le colonel. (*Haut.*) Non, attends; je vais voir ce qu'il me veut. (*Francis sort.*)

LE COMTE. Ne vous gênez pas, cher poète, je me retire.

DUCIS. Oh! monsieur le Comte, ne vous dérangez pas, je vous en supplie.

LE COMTE. Cher ami, je vais faire un tour de jardin; je crois que le grand air me fera du bien. Mon brave Ribelle, ta blessure ne s'opposera-t-elle pas à ce que tu fasses avec moi un tour de promenade?

RIBELLE. Ahie! ahie! non, Monsieur; car les allées du jardin sont unies au moins; ce n'est pas comme la grande route, ahie! ahie! qui est remplie d'orniéres.... ahie! ahie!

LE COMTE. Oh! tu te plains bien aujourd'hui, mon pauvre Ribelle! Je ne reconnais plus en toi ce brave militaire qui supporta la terrible opération de l'amputation sans se plaindre et sans sourciller.

RIBELLE. Ah! c'est que j'étais jeune alors, tandis qu'aujourd'hui je suis vieux. Ahie! ahie!

L'ABBÉ. Monsieur le Comte, le pauvre Ribelle est sur les dents. Son courage dépasse ses forces. A son défaut, veuillez accepter mon bras, je vous prie.

LE COMTE. Allons, cher ami, j'accepte; car je vois bien que je dois renoncer à mettre à bout votre complaisance.

(*L'abbé Lemaire passe le bras du comte sous le sien, et se dirige avec lui vers la porte du fond. Arrivé sur le seuil, le vieux comte se retourne et dit à Ducis :* — A propos, cher poète, si je passe la journée ici, c'est à une condition.

DUCIS. Laquelle, monsieur le Comte?

LE COMTE. C'est que dans la soirée, vous me ferez lo plaisir de me lire votre tragédie d'*OEdipe*.

DUCIS (*avec un mouvement de joie très-marqué*). Ah! de tou mon cœur, monsieur le Comte, de tout mon cœur!

(*Le comte, l'abbé Lemaire et Ribelle sortent.*)

SCÈNE VIII.

DUCIS , FRANCIS.

Ducis. Francis !

Francis. Monsieur !

Ducis. Introduis l'étranger, et laisse-nous.

Francis. Oui, Monsieur. (*Francis sort.*)

SCÈNE IX.

DUCIS, le colonel d'ARTANVAL.

Ducis (*courant au-devant du colonel*). Soyez le bien venu , Colonel ! Je croyais avoir pris mes mesures pour arriver le premier au rendez-vous ; mais je viens d'apprendre que vous m'y avez précédé : je vois bien que quelque diligence que l'on fasse , il ne faut pas se flatter de surpasser un militaire en exactitude et en vigilance.

Le Colonel. Vous êtes vraiment par trop aimable , Monsieur, de vouloir bien attribuer à l'une des premières et des plus précieuses qualités du soldat l'empressement que j'ai mis à me rendre à vos ordres. J'avoue qu'il s'agissait moins ici de faire parade d'exactitude que de satisfaire mon extrème curiosité. Ne m'avez-vous pas dit , Monsieur, en m'invitant à ce rendez-vous , que vous seriez bien trompé , si cette heureuse entrevue ne laissait de longues traces dans mon souvenir ? Eh bien ! Ces paroles m'ont fait rêver toute la nuit. . . . Le jour tardait trop au gré de mon impatience ; aussi, longtemps avant l'aurore , je volais sur la route de Roquencourt.

Ducis. Sans plus de retard , Monsieur, je vais satisfaire vos légitimes désirs. Ne m'avez-vous pas dit que depuis douze ans, vous cherchiez M. votre père ?

Le Colonel. Oui, Monsieur. Eh bien !

Ducis. Eh bien ! Vous êtes en ce moment sous le toit qu'il habite ! . . . .

Le Colonel. Dieu ! ! ! Mon père est ici ! . . . .

Ducis. Oui, Colonel.

Le Colonel. Ah ! Monsieur, avant de vous remercier, avant de vous bénir. . . . . Courons au plus pressé. . . . . Conduisez-moi dans les bras de mon père ! Que je baise son front vénérable ! Que j'arrose de mes larmes ses cheveux blancs , et ses yeux éteints , monument éternel de son amour et de mon ingratitude! Venez, oh! venez, courons; il me tarde de mourir de honte et de douleur à ses pieds!.... Quoi! nous ne partons pas? Mais qu'attendez-vous donc, Monsieur, pour me conduire à mon père?

Ducis. Que vous soyez plus calme , Colonel.

Le Colonel. Comment , que je sois plus calme!

Ducis. Oui, Monsieur, il faut que vous modériez votre impatience ; car, en ce moment, M. votre père n'est pas en état de vous recevoir.

Le Colonel. Dieu! Que me dites-vous? Serait-il à l'extrémité?

Ducis. Oh! non, Monsieur, grâce à Dieu! Vous n'avez pas à trembler pour ses jours.

Le Colonel. Eh bien donc!

Ducis. Eh bien donc!.... Vous voulez vous réconcilier avec M. votre père, n'est-il pas vrai?

Le Colonel. Oui, Monsieur, c'est mon unique désir et ma seule ambition.

Ducis. En ce cas, monsieur le Colonel, il faut absolument vous abandonner à ma discrétion , il faut vous laisser conduire. C'est à moi qui connais le terrain à vous servir de guide. L'entreprise, croyez-le bien , est assez difficile. Une brusque entrevue avec M. votre père serait fatale à l'un et à l'autre, et anéantirait à jamais toutes vos espérances.

Le Colonel. Eh bien, Monsieur, je m'abandonne entièrement à vous. Mais au moins me sera-t-il accordé de voir mon père, ne fût-ce qu'un moment? Vous savez qu'il est aveugle, ne puis-je le voir sans qu'il s'en doute?

Ducis. Je pourrais vous procurer cette satisfaction , Monsieur, si vous étiez assez fort pour maîtriser vos émotions.

Le Colonel. Mais, mon Dieu! Est-il donc si malade? Est-il donc si changé?

Ducis. On remarque sur le visage de M. le comte d'Artanval les ravages du temps et des souffrances morales. Quant à sa santé , si elle n'est pas aussi bonne que nous pourrions le désirer, au moins puis-je vous assurer qu'il n'y a pas la moindre apparence de danger. La vérité est qu'il fit, il y a quelques jours, une chute qui eût pu être fort grave, mais qui heureusement n'eut aucune suite funeste.

Le Colonel. Eh bien! Monsieur, je promets d'être calme, montrez-moi mon père.

(Ducis conduit le colonel vers une fenêtre qui est censée donner sur le jardin où se promène le vieux comte accompagné de l'abbé Lemaire et de son fidèle Ribelle. A la vue de son père, le colonel est saisi d'un tremblement nerveux; il est obligé de s'accrocher à la fenêtre pour ne point tomber, et il prononce d'une voix basse et altérée ces deux vers de la tragédie de Ducis :

C'est donc lui que je vois, c'est lui, supplice affreux !
C'est moi qui l'ai réduit à ce sort malheureux.

Bientôt Ducis, craignant, de la part du colonel, une imprudence involontaire, l'arrache de la fenêtre malgré lui, et le ramène sur le devant du théâtre.)

Ducis. Monsieur le Colonel, d'après un plan concerté entre mon ami, l'abbé Lemaire et moi, tantôt doit avoir lieu une entrevue décisive entre vous et M. votre père. J'ai besoin de combiner d'avance tous mes moyens. Je vous avais prié, ce me semble, d'amener avec vous votre aimable enfant.

Le Colonel. Il est ici, Monsieur; je l'ai laissé à l'hôtel du Grand-Cerf.

Ducis. Bien ! Quel âge a-t-il ?

Le Colonel. Six ans.

Ducis. Comment l'appelez-vous ?

Le Colonel. Émile. Je tenais essentiellement à ce nom; car je voulais qu'il portât le nom de mon père.

Ducis. Très-bien ! très-bien ! Cette heureuse coïncidence nous sert à merveille. Venez, monsieur le Colonel, allons chercher votre fils; chemin faisant, je vous ferai part de mes projets.

(Ils sortent , la toile tombe.)

FIN DU DEUXIÈME ACTE.

ACTE TROISIÈME.

SCÈNE PREMIÈRE.

DUCIS est assis devant son bureau. L'abbé LEMAIRE entre sur
la scène.

Ducis (*se retourne en entendant entrer l'abbé*). Eh bien ! qu'y
a-t-il de nouveau ?

L'Abbé. Il y a que le comte, donnant suite à son projet, m'a chargé,
pendant la promenade que nous fîmes ensemble au jardin, de voir
Simon, de lui faire part de ses desseins, de sonder ses dispositions,
et en cas de refus, de lui faire l'énumération de tous ses biens,
pensant par ce moyen éblouir ce brave homme.

Ducis. Et t'a-t-il chargé aussi de parler de ses titres et de ses
dignités ?

L'Abbé. Non ; il m'a, au contraire, expressément défendu d'en
dire un mot. Forcé qu'il est d'adopter un enfant du peuple à la
place du fils ingrat qui l'a abandonné, il veut, dit-il, se faire
plébéïen, et ne plus porter désormais d'autre nom que celui de
Gervais.

Ducis. Et comment penses-tu t'acquitter de ta commission ?

L'Abbé. Je pense m'en acquitter en conscience, mon cher ami,
tout en priant Dieu que le projet ne réussisse pas.

Ducis. Quand et où doit avoir lieu cette entrevue ?

L'Abbé. Eh ! mais chez toi, si tu le permets, et dans l'instant
même ; car je viens d'envoyer chercher Simon, et je l'attends.

Ducis. Me sera-t-il permis d'assister à la conférence ?

L'Abbé. Tu plaisantes, cher ami ; il me semble que, confident
aussi bien que moi des projets du comte, rien de ce qui concerne
cette affaire ne doit te rester caché. Et c'est parce que je sais l'intérêt que tu y prends, que j'ai choisi ton appartement pour le lieu
de notre entrevue.

Ducis. Un instant, cher Abbé : je ne promets pas de rester neutre,
ni de parler à Simon dans le même sens que toi. Ainsi, prends
acte, si tu veux, de ma déclaration.

L'Abbé. Eh parbleu ! Tu parleras comme tu l'entendras ; ce que je puis t'assurer d'avance, c'est que, quelles que soient tes paroles, notre entente cordiale n'en sera point troublée.

Ducis. C'est ce que nous allons voir; car, si je ne me trompe, j'entends venir Simon.

SCÈNE II.

DUCIS, l'abbé LEMAIRE, SIMON.

Simon. Bonjour! monsieur le Curé et la compagnie.

L'Abbé. Bonjour, Simon.

Simon. On m'a dit, sauf votre respect, monsieur le Curé, que vous vouliez me parler.

L'Abbé. C'est vrai, Simon; mais auparavant, dites-moi, comment vous vous portez?

Simon. Vous me faites honneur, monsieur le Curé; assez bien, Dieu merci! Et heureusement, car sans cela, je ne sais ce que deviendraient la pauvre femme et les enfants.

L'Abbé. Est-ce que l'ouvrage ne va pas, Simon?

Simon. Comme ci, comme ça, monsieur le Curé; les temps sont durs. On fait ce qu'on peut, le bon Dieu fait le reste; on a encore du mal assez.

L'Abbé. Il ne faut pas murmurer contre la Providence, Simon: elle a ses vues; et il y en a beaucoup qui sont plus malheureux que vous.

Simon. Oh! vous avez bien raison, monsieur le Curé; car il y a toujours par ci, par là, de bonnes âmes du bon Dieu qui ont pitié des pauvres gens. Et je suis toujours bien reconnaissant au bon M. Gervais, qui est venu à mon secours l'hiver dernier, et qui sait me procurer de l'ouvrage quand je n'en ai pas.

L'Abbé. Vous aimez donc bien M. Gervais, Simon?

Simon. Si je l'aime, Monsieur! Je me jeterais dans le feu pour lui faire plaisir.

L'Abbé. Mais êtes-vous bien sûr que cela ferait plaisir à M. Gervais?

Simon. Je ne sais, monsieur le Curé; mais, assurément, je le ferais comme je le dis.

L'Abbé. Allons, je souhaite pour l'un et pour l'autre que l'épreuve n'ait pas lieu. Il vous sera facile, Simon, de faire plaisir à M. Gervais, sans vous jeter dans le feu pour cela. Du reste, vous faites bien d'être reconnaissant envers lui, car il a pour vous, je le sais, les plus généreuses intentions.

Simon. Comment, monsieur le Curé ! Est-ce que M. Gervais vous aurait parlé de moi ?

L'Abbé. Oui, Simon ; il m'a dit aujourd'hui même : « Vous le voyez, monsieur le Curé, je suis riche et je n'ai plus de famille ; j'aime à la folie mon filleul, et je suis disposé à l'adopter, si le brave Simon y consent. »

Simon. Pardon, monsieur le Curé ! J'ai.... j'ai.... j'ai pas bien compris.

L'Abbé. C'est-à-dire, Simon, que M. Gervais veut faire de votre fils son unique héritier.

Simon, Son.... son.... son quoi !

L'Abbé. Son unique héritier.

Simon. Son unique héritier !

L'Abbé. Oui, Simon ; c'est-à-dire, qu'il veut lui laisser à sa mort toute sa fortune, qui lui rapporte environ trente-six mille livres de rentes.

Simon. Trente-six mille livres de rentes !

L'Abbé. Oui, Simon.

Simon. Ah ! Et combien ça fait bien par mois, monsieur le Curé, trente-six mille livres de rentes ?

L'Abbé. Ça fait juste trois mille francs, Simon, ou si vous l'aimez mieux, c'est cent francs à dépenser par jour.

Simon. Cent francs à dépenser par jour, ou trois mille francs par mois ! Sapristi ! C'est donc tout l'or du monde, ou peu s'en faut. Et M. Gervais veut donner tout cela à notre Émile ?

L'Abbé. Oui, Simon.

Simon. Ah !

L'Abbé. Qu'en pensez-vous ?

Simon. Ah !

L'Abbé. Mais répondez donc ; est-ce que la proposition vous déplaît ?

Simon. Oh ! mais non, au contraire.

L'Abbé. Vous acceptez donc ?

Simon. Ma foi oui, c'te bêtise !

Ducis. Cependant, Simon, l'adoption ne se fera qu'à des conditions que vous trouverez peut-être bien dures.

Simon. Des conditions ! Des conditions ! Je m'en moque : j'accepte, et voilà tout.

Ducis. Comment ! Vous acceptez, Simon, même sans demander à quoi cette adoption vous oblige !

Simon. Oui ! Ça m'est égal : j'accepte toujours. Est-ce que vous croyez, Monsieur, que trois mille francs par mois, ou cent francs par jour, se trouvent comme ça dans le pas d'un cheval.

Ducis. Non ; mais à votre place, je voudrais savoir au juste à quoi m'engagerait un pareil traité.

Simon. Je me moque de ça, moi, et je ne veux rien savoir du tout.

Ducis. Mais, Simon....

Simon. Mais, Monsieur !.... Puisque je vous dis que je me jeterais au feu pour M. Gervais, quoi !....

L'Abbé. Pourtant, Simon, il est bien nécessaire que vous connaissiez les conditions de M. Gervais, car je dois aujourd'hui même lui porter votre réponse.

Simon. Eh bien ! Monsieur, puisqu'il faut en passer par là, dites-moi un peu ce qu'elles chantent ces conditions-là ?

L'Abbé. Pour première condition, M. Gervais exige que votre fils quitte immédiatement votre maison et vienne habiter la sienne.

Simon. Ah ! diantre ! Voilà que ça se gâte.

L'Abbé. Il exige ensuite que vous renonciez à votre autorité paternelle ; que vous lui transmettiez tous vos droits, et qu'il lui soit permis d'élever Émile selon son bon plaisir.

Simon. Oh ! oh ! Voilà que ça se complique. Et qu'est-ce que dira la pauvre femme, quand elle saura ça ?

L'Abbé. M. Gervais exige encore....

Simon. Quoi ! Ce n'est pas fini !

L'Abbé. Pas encore, Simon. M. Gervais exige de plus que votre fils cesse de s'appeler Émile Simon, et qu'il s'appelle désormais Émile Gervais.

Simon. Oh ! oh ! Rien que ça ! Excusez du peu ! Oh bien ! mais halte-là ! Émile s'appellera Simon toute sa vie, quand tout le monde en devrait crever de dépit. Ainsi s'appelaient mon père, mon grand-père et tous nos vieux parents, qui descendent en ligne droite du premier homme du monde, comme me l'a très-bien prouvé le plus savant de notre village, qui m'a assuré que Simon était un mot français qui voulait dire Adam, nom que notre famille a toujours porté jusqu'à l'époque de la construction de la tour de *Babil*, autrement dit de la *convulsion* des langues.

L'Abbé. Ah ! ah ! Et pourriez-vous me dire, Simon, à quelle époque eut lieu cette *convulsion* des langues ?

Simon. Oh ! je ne saurais trop, monsieur le Curé; on dit qu'il y a de ça fort longtemps, peut-être trois ou quatre cents ans ; que sais-je, moi ?

L'Abbé. Et quel est le savant homme qui vous a appris toutes ces belles choses-là, Simon ?

Simon. C'est l'ancien maître d'école de Roquencourt, maître Jean-Mathurin Pacôme, qui vous crachait le latin comme s'il lisait dans un livre. Il m'a fait connaître ce qu'il appelait, je crois, l'*épistologie* de mon nom ; il prétend que le changement s'était fait *petit-z-à-petit* ; que d'Adam on avait fait d'abord Sadam, puis Sedam, puis Sidam, puis Sidon, et enfin Simon, qui est le nom que nous portons aujourd'hui. Et pour preuve, il m'a dit que saint Pierre, qui descendait aussi directement de notre grand-père Adam, était notre parent, puisqu'il s'appelait Simon, comme on peut le voir dans l'Évangile, où il est dit positivement : Simon-Pierre, m'aimez-vous?

(*Tandis que l'abbé Lemaire s'efforce de réprimer un accès de fou rire, Ducis, plus maître de lui, reprend la conversation avec Simon.*)

Ducis. Oh ! oh! avec des preuves comme celles-là, il n'y a plus rien à dire, mon pauvre Simon, et je conçois que vous ne puissiez vous résoudre a échanger l'illustre nom de Simon contre celui de Gervais, celui-ci fût-il duc et pair.

Simon. N'est-ce pas, Monsieur, vous trouvez que j'ai raison ?

Ducis. Certainement, Simon.

Simon. Pourtant, il faut avouer, Monsieur, que c'est bien beau ça, trois mille francs par mois, ou cent francs par jour, attrapés en dormant ; tandis qu'il me faut travailler comme un cheval pour gagner seulement cent sous par semaine.

Ducis. Oui ; mais *contentement passe richesse*, dit le proverbe, et je suis sûr que malgré votre pauvreté, vous mangez de bon appétit, vous dormez bien, vous êtes gai, dispos, bien portant, tandis que la plupart des riches n'en sauraient dire autant ; car, presque toujours, avec les écus, la perte du sommeil, de l'appétit, les soins et les inquiétudes deviennent les tristes hôtes du logis.

Simon. Ta... ta... ta... Mais comprenez-vous bien ce que c'est que trois mille francs par mois ou cent francs par jour ?

Ducis. Oui, Simon, et je le comprends d'autant mieux que je sais qu'avec cela on peut se procurer une foule de jouissances dont les pauvres gens n'ont pas même d'idée. Il est vrai que l'abus des plaisirs engendre le dégoût, le libertinage d'horribles maladies, la bonne chère la goutte, et que....

Simon. Oui (*secouant fortement le bras de Ducis*) ; mais trois mille francs par mois, ou cent francs par jour !

Ducis. Sans doute, sans doute, je sais qu'avec ça, on va dans le monde, dans les bals, les soirées, au spectacle ; que l'on a un bel équipage avec lequel on éclabousse les pauvres gens, voire même son père et sa mère, dont on détourne les yeux dans la rue et dont on rougit tout bas.

Simon. Jarnicoton ! Et vous croyez, Monsieur, qu'Émile en viendrait là ?

Ducis. Je ne dis pas cela, je l'ignore ; mais cela pourrait être, car cela s'est vu souvent ; et vous savez qu'il est dit dans l'Évangile : qu'il est plus difficile à un riche d'entrer dans le royaume des cieux, qu'à un câble de passer par le trou d'une aiguille.

Simon. Mon Dieu ! mon Dieu ! Je sais par expérience qu'il ne fait pas bon être pauvre ; mais c'est affreux d'être riche, si c'est une occasion de perdre la vertu et la crainte de Dieu.

L'Abbé. Ainsi donc, Simon, je dois dire à M. Gervais que vous ne sauriez consentir à ce qu'il demande ?

Simon. Non, Monsieur, ne dites-pas cela. M. Gervais est bien bon ! bien bon ! Je lui suis infiniment reconnaissant. Dites-lui que je voudrais.... Non, dites-lui que je ne peux pas.... que.... Mon Dieu ! je suis si troublé, que je ne sais plus ce que je veux, ni ce que je dis.

L'Abbé. Allons, remettez-vous, Simon ; vous désirez que je dise à M. Gervais que vous consentez à tout, même à ce qu'Emile quitte le nom de Simon pour prendre celui de Gervais ?

Simon. Non, non, Monsieur, je ne dis pas ça.

L'Abbé. Alors, vous ne voulez pas que l'adoption se fasse ?

Simon. Mais si, Monsieur, mais si. Mais quelle diable d'idée de vouloir que notre Émile s'appelle Gervais ! Est-ce que le nom de Simon n'est pas plus beau ?

L'Abbé. Que voulez-vous, Simon, c'est une fantaisie de M. Gervais, moyennant quoi, il assure à votre fils toute sa fortune.

Simon. C'est vrai pourtant, trois mille francs par mois ou cent francs par jour. Allons, il faut que je consulte ma femme, elle saura bien me dire ce qu'il faut faire.

L'Abbé. N'oubliez pas, Simon, qu'il me faut une prompte réponse.

Simon. Oui, oui, Monsieur, je vais consulter Gogotte et tous nos parents, ce sera bientôt fait. (*En s'en allant.*) Trois mille francs par mois ou cent francs par jour! Sapristi! Mais aussi pourquoi diable vouloir qu'Émile s'appelle Gervais?

SCÈNE III.

DUCIS, l'abbé LEMAIRE.

Ducis. Je ne vois pas, mon cher ami, que nous ayons lieu de nous fier beaucoup à l'amour paternel de Simon. Il balance, il hésite; c'est plus qu'il n'en faut pour nous faire douter de sa générosité et de sa grandeur d'âme.

L'Abbé. Oh, mon ami! Gardons-nous de juger si promptement et si légèrement le brave Simon. Il a tant de peine d'élever sa famille, qu'il est bien naturel qu'en présence de la bonne fortune qui incombe à son fils, il ne sache à quoi se résoudre. En principe général, pour bien juger les autres, il faut un peu faire abstraction de l'éducation que l'on a reçue soi-même, et de la position sociale que l'on occupe, et se mettre en leur place.

Ducis. J'en demeure d'accord.

L'Abbé. Que fait le comte?

Ducis. Je l'ai laissé sous l'empire de l'émotion qu'a fait naître en lui la lecture des deux premiers actes de mon *Œdipe*. Je me suis vu forcé d'interrompre cette lecture. A la fin de mon second acte, le vieillard se trouva mal. — Assez, me dit-il, assez ; vous lisez trop bien pour moi. Et je vis aux larmes qui coulaient de ses yeux et à l'altération de ses traits, la vive impression que lui avait faite la peinture des misères d'Œdipe et des soins que lui prodigue sa fille Antigone. — Cher poète, a-t-il ajouté après un moment de silence, je ne vous en tiens pas quitte, et ce soir, je vous en avertis, je réclamerai de votre complaisance la lecture de votre troisième acte. Pour le moment j'éprouve le besoin comme votre Œdipe dont je partage le triste sort, de recevoir les caresses et les tendres soins d'un enfant pieux. Auriez-vous la complaisance de dire à Ribelle qu'il m'amène Émile? — Je cours le chercher moi-même, Monsieur; et sans attendre sa réponse, je courus chercher son petit-fils. Le brave Ribelle qui venait de rentrer, et qui se trouvait alors près de son maître, en voyant paraître un enfant inconnu, jeta un cri de surprise. Je lui fis aussitôt un signe qu'il comprit, et il mit son exclamation sur le compte de sa blessure.

L'Abbé. Le brave homme ne manque pas de ressources.

Ducis. Maintenant l'enfant et le vieillard sont dans les bras l'un de l'autre.

L'Abbé. Et le colonel ?

Ducis. Le colonel est dans la pièce voisine.

L'Abbé. Que fait-il là ?

Ducis. Il attend ce que j'appelle une confrontation avec Ribelle. Craignant avec raison l'explosion des sentiments de celui-ci pour son jeune maître, ou plutôt, comme il aime à l'appeler, pour son élève, j'ai cru qu'il fallait avant tout ménager la reconnaissance d'Arthur par Ribelle, afin d'échapper à tout malentendu qui pourrait compromettre le succès de notre entreprise.

L'Abbé. C'est sagement vu.

Ducis. Reste ici, cher Lemaire, tu seras témoin de l'entrevue.

L'Abbé. Bien volontiers.

Ducis. Francis ?

SCÈNE IV.

DUCIS, l'abbé LEMAIRE, FRANCIS.

Francis. Monsieur ?

Ducis. Monte là-haut, et demande à Ribelle s'il est libre.

Francis. Oh ! il n'est pas nécessaire de monter là-haut pour vous répondre, Monsieur.

Ducis. Comment cela ?

Francis. Vous demandez si Ribelle est libre ?

Ducis. Oui.

Francis. Eh bien ! il l'est sûrement, Monsieur.

Ducis. Qu'en sais-tu ?

Francis. Qu'en sais-tu ?

Ducis. Oui ; qu'en sais-tu ?

Francis. Oh ! il y a longtemps que je sais ça : il y a fort long-temps qu'on m'a corné ça aux oreilles.

Ducis. Depuis quand, s'il vous plaît ?

Francis. Depuis quand !

Ducis. Oui.

Francis. Ma foi ! Monsieur, depuis la pro... la pro... Comment est-ce qu'ils disent ça les autres ? depuis la *pro....o....cu....ra....tion*, je crois ; oui, c'est ça, depuis la *procuration* des droits de l'homme.

L'Abbé (*éclatant de rire*). Bien ! très-bien ! Tu ne t'attendais pas à cela, Ducis ?

Ducis. Ma foi, non ! A ce compte-là, Francis, tu es donc libre aussi, toi ?

Francis. Moi !

Ducis. Oui, toi.

Francis. Ma foi, oui ! je suis libre ; vous aussi, Monsieur, monsieur l'abbé aussi, tout le monde, quoi ! Il n'y a plus d'esclaves.

Ducis. Ah ! Et qu'est-ce qu'être libre, Francis ?

Francis. Ce que c'est qu'être libre ? Dam !... c'est... c'est... c'est.... Ma foi ! je ne sais trop.... Être libre.... être libre.... C'est-il drôle ça, que je ne sache pas ce que c'est.... Ah ! j'y suis.... c'est faire tout ce qu'on veut, quoi !

Ducis. Fort bien ! Voilà une belle définition. Et quand je te dis : Francis, fais cela, Francis, fais ceci, est-ce que tu es encore libre ?

Francis. Oui, Monsieur.

Ducis. Comment cela ?

Francis. Comment cela !

Ducis. Oui.

Francis. Je suis libre, puisque je veux toujours tout ce que vous voulez.

Ducis. A la bonne heure ! Eh bien ! mon pauvre Francis, en ta qualité d'homme libre, tu vas monter là-haut.

Francis. Oui, Monsieur.

Ducis. Tu sonneras.

Francis. Oui, Monsieur.

Ducis. Ribelle viendra ouvrir....

Francis. Oui, Monsieur.

Ducis. Tu lui diras : Ribelle, si vos occupations ne s'y opposent pas, mon maître vous prie de descendre. Va vite.

Francis. Oui, Monsieur. (*Il sort.*)

SCÈNE V.

DUCIS, l'abbé LEMAIRE.

L'Abbé. Je t'en fais mon compliment, mon cher, tu as là un valet très-intelligent.

Ducis. Que veux-tu, mon cher ami ? Il est assez actif, il m'est très-attaché et surtout très-fidèle ; ce sont là des qualités fort rares aujourd'hui, et qui compensent bien des défauts.

L'Abbé. Il est vrai ; mais tu m'avoueras cependant que ton service souffre un peu de sa trop grande simplicité.

Ducis. J'en conviens ; mais il se formera.

L'Abbé. Allons, je le souhaite.

Ducis. Il s'est déjà beaucoup amendé ; j'en suis réellement plus content qu'autrefois.

L'Abbé. Tu n'es pas difficile.

SCÈNE VI.

DUCIS, l'abbé LEMAIRE, RIBELLE.

Ribelle. Salut, Citoyens.... Messieurs, s'entend, Messieurs, votre très-humble serviteur.

Ducis. Ah ça ! mon pauvre Ribelle, je vous dérange peut-être ?

Ribelle. Mais non, Monsieur, mais non, au contraire ; quand je dis au contraire, s'entend, je veux dire que quand bien même cela me dérangerait un peu, je serais enchanté de me gêner pour votre service.

Ducis. Mais votre maître, Ribelle, s'il avait besoin de vous ?

Ribelle. Mon maître, Monsieur ? Ah ! il ne pense pas à moi, je vous en réponds.

Ducis. Comment cela ?

Ribelle. Il est occupé à faire mille caresses à l'enfant que vous avez amené et que je ne connais pas. Il le prend pour son filleul ; il l'appelle son cher enfant, son *Antigrome*, l'espoir, la consolation, le soutien de sa vieillesse. L'enfant est vraiment gentil ; il passe ses deux petits bras autour du cou de mon maître ; il l'embrasse en l'appelant mon bon papa par ci, mon grand-papa par là. M. le comte lui a fait donner tous les anciens joujous d'Arthur, avec lesquels l'enfant fait un tapage à vous fendre les oreilles. Mais mon maître trouve tout cela beau, et il en pleure de tendresse, quoi ! Mais vous, Monsieur, ne me direz-vous donc pas quel est ce bel enfant que vous avez amené, et qui va bientôt, je l'espère, supplanter le fils à Simon ?

Ducis. Vous ne tarderez pas à le connaître, et vous l'aimerez, Ribelle ; et alors, ni plus ni moins que votre maître, vous admirerez son tapage.

Ribelle. Oh ! je l'aime déjà. Monsieur, comme tout ce qui vient de vous; et je me mettrais en quatre pour vous rendre service, ainsi qu'à lui.

Ducis. Merci, Ribelle, merci; je reconnais bien là votre courtoisie, et vous êtes comme toujours d'une complaisance et d'une politesse au-dessus de tout éloge.

Ribelle. Ce n'est pas pour me vanter, Monsieur; mais je peux dire qu'on élevait mieux la jeunesse autrefois qu'aujourd'hui; on était mieux éduqué, quoi !

Ducis. Vous avez raison, Ribelle; on dirait vraiment que notre espèce dégénère. Où trouver maintenant des hommes bâtis comme vous ? La jeunesse aujourd'hui est mielleuse, maniérée, douillette, efféminée; c'est à désespérer de l'humanité, et si cela continue, je ne sais ce que nous deviendrons.

Ribelle. C'est ce que je dis tous les jours. Je ne peux pas souffrir tous ces jeunes muguets avec leur ton de poule laitée, leurs trois ou quatre petits brins de barbe relevés en barbe de chat, leurs cheveux pommadés comme des femmes, leur taille serrée comme des guêpes. Vous verrez, Monsieur, vous verrez qu'un jour on sera obligé de leur ôter les culottes pour leur donner des cotillons.

Ducis. On fera bien. Avec cela, ils sont tous vantards comme des Gascons. N'ont-ils pas l'impertinence de soutenir, par exemple, que la fameuse bataille de Fontenoy n'était qu'un jeu d'enfant, et la prise de Port-Mahon une amusette, un exercice de petite guerre ?

Ribelle. Ils osent dire cela ?

Ducis. Oui; et ils ne cessent de répéter avec une complaisance ridicule, Jemmappes, Valmy, Jemmappes, Valmy, comme si c'étaient là des exploits dignes d'une éternelle mémoire. Ils vont jusqu'à dire que l'antiquité n'offre rien de comparable à leurs batailles de Hohenlinden et de Marengo.

Ribelle. Ils disent cela ? Ah! mille bombes! mille tonnerres ! Si Ribelle avait encore ses deux bras !

Ducis. Ils en sont tous logés là, mon pauvre Ribelle. J'ai même un ami, qui est en ce moment colonel au sixième lancier, qui pense et qui parle de cela comme les autres.

Ribelle. J'en suis fâché pour vous, Monsieur; mais votre ami est sûrement un sot qui n'entend rien à la guerre. C'est quelque freluquet, quelque officier de salon, s'entend.

Ducis. Mais non, Ribelle, mais non, mon ami est un brave; il porte d'honorables blessures. Je suis sûr que si vous le connaissiez, vous l'estimeriez de tout votre cœur.

Ribelle. Jamais, Monsieur, jamais ! Comment, diable ! un homme qui ose mettre en parallèle Fontenoy et Marengo ! Jamais, Monsieur, jamais ! Il m'est impossible d'estimer cet homme-là.

Ducis. Pourtant, Ribelle, je lui ai parlé de vous, et il désire ardemment faire votre connaissance.

Ribelle. Eh bien ! moi, je n'en dis pas autant ; je ne me soucie pas de faire la connaissance d'un officier de boudoir.

Ducis. Mais encore une fois, Ribelle, il n'est pas tel que vous le pensez.

Ribelle. Si fait, Monsieur, si fait. Comment ! Fontenoy et Marengo ! Quelle pitié !

Ducis. Consentez à le voir.

Ribelle. Moi, jamais !

Ducis. Il serait enchanté de causer avec vous de tranchées, de siéges, de batailles ; il ne parle jamais que de bombardes, d'obus, de canons et de pétards. Moi, je ne lui parle que d'hémistiches et de rimes ; jugez si nous pouvons nous entendre. Je voudrais le mettre en communication avec un homme du métier, avec un brave militaire tel que vous.

Ribelle. Puisque ce colonel est votre ami, Monsieur, je regrette de le dire, mais je ne veux pas me mettre en rapport avec lui.

Ducis. Tant pis, alors, tant pis ! Car votre refus ne fera que le confirmer dans la mauvaise opinion qu'il a déjà. Il ne manquera pas de croire que si vous refusez d'entrer en lice, c'est parce que vous craignez de vous commettre avec lui.

Ribelle. Il croira ça, Monsieur ? Mille tonnerres ! mille bombes ! Eh bien ! qu'il vienne, et nous verrons !

Ducis. Puisque vous le permettez, Ribelle, il est là ; je vais le faire entrer.

SCÈNE VII.

DUCIS, l'abbé LEMAIRE, le COLONEL, RIBELLE.

Ribelle (*à part, en voyant entrer le colonel et en remarquant la cicatrice qu'il porte au front*). Tout de même, ça doit être un brave. Voilà une cicatrice qui lui fait honneur ; je troquerais presque cette blessure contre la mienne.

Ducis. Colonel, j'ai l'honneur de vous présenter le brave Ribelle, qui fut dans son temps le modèle des grenadiers et l'orgueil de son régiment.

(*Ribelle s'incline en faisant le salut militaire.*)

LE COLONEL. Je vous suis infiniment obligé, cher ami, de ce que vous avez bien voulu me procurer l'occasion de faire la connaissance de ce digne représentant de nos vieilles armées monarchiques, qui ont su aussi bien que nous résister aux efforts de l'Europe conjurée, et dont les victoires ont fait l'admiration du monde.

RIBELLE (*à part*). Ce colonel-là n'est pas si mal que je pensais. (*Haut.*) Quand le Français est bien commandé, s'entend, la victoire s'attache toujours à son drapeau. Les soldats qui ont l'honneur de combattre sous vos ordres, Colonel, ont dû faire mordre plus d'une fois la poussière aux ennemis de la patrie.

LE COLONEL. Il y a dans l'armée française, brave Ribelle, de nobles traditions de gloire et d'honneur. Le succès est facile avec des hommes qui brûlent d'égaler leurs aînés. J'ai connu dans mon régiment un jeune officier qui parlait souvent de vous et qui prenait à tâche de vous imiter. A Hohenlinden, il enleva deux drapeaux à l'ennemi et fut nommé chef d'escadron sur le champ de bataille. A Marengo, où il eut la tête presque fendue d'un coup de sabre, il fut nommé colonel. Ce jeune militaire qui se nomme Arthur d'Artanval, se félicite d'avoir au moins conservé ses deux bras pour te presser sur son cœur, mon brave Ribelle, qui ne me reconnais pas.

RIBELLE (*se précipite dans les bras du colonel*). Ah Dieu ! Est-il possible ? Ai-je bien entendu ? Quoi! c'est vous, mon enfant ! C'est vous, mon cher Arthur ! Que vous êtes grand! Que vous êtes beau ! Que vous êtes glorieux! Colonel à vingt-huit ans, et au bout de dix ans de service seulement, quelle fortune ! Mais aussi, quelle blessure ! Oh ! que M. le comte devrait être fier d'un tel fils ! Et dire qu'il ne peut pas vous souffrir, qu'il vous a en horreur, qu'il ne veut pas même entendre prononcer votre nom, qu'il voudrait.... Allons, mon cher Arthur, courons nous jeter à ses pieds, lui montrer vos blessures, lui demander pardon ; et s'il ne vous l'accorde pas, eh bien ! je..... je..... je le maudis à mon tour, mille tonnerres ! Venez, venez, mon jeune maître, mon colonel, s'entend, venez embrasser votre père.

DUCIS. Un instant, mon brave Ribelle, il n'est pas temps encore ; mais la journée ne se passera pas sans qu'il y ait pleine et entière réconciliation, je vous le promets. Laissez-moi conduire cette affaire;

je m'en charge, et vous devez connaître, Ribelle, que je n'ai pas trop mal ménagé votre reconnaissance avec votre illustre élève.

RIBELLE. Ah ! vraiment, vous pouvez bien vous en vanter, Monsieur ! En me faisant dire un tas de sottises que je regrette d'avoir dites maintenant, n'est-ce pas ?

DUCIS. Ne dites pas ça, Ribelle, ne dites pas ça ; vous étiez beau dans votre colère ; et si M. le colonel avait pu vous entendre, il vous eût admiré.

LE COLONEL. Oh ! je n'en ai pas perdu un mot (*imitant Ribelle*). Il croira ça, Monsieur ! Ah ! mille bombes ! mille tonnerres ! Eh bien ! qu'il vienne et nous verrons.

RIBELLE. Oh ! mon Colonel, quelle belle voix ! Quelle voix puissante vous avez-là ! Vous qui, autrefois, aviez une voix douce et flûtée comme une demoiselle ! Mais vous pourriez vous faire entendre d'une armée tout entière. Ah ! mon jeune maître, vous êtes fait pour devenir général. (*On entend le bruit d'une sonnette.*) Ah ! voilà mon maître qui m'appelle, je vais voir ce qu'il me veut.

DUCIS. Je vous recommande, Ribelle, un silence absolu sur ce qui vient de se passer.

RIBELLE. C'est entendu, Monsieur, vous pouvez être tranquille.

(Il sort.)

SCÈNE VIII.

DUCIS, l'abbé LEMAIRE, le COLONEL.

L'ABBÉ. Allons, bien ! Ducis, voilà la première partie de ton drame heureusement terminée ; fasse le ciel que la seconde le soit aussi bien !

LE COLONEL. Ah ! monsieur le Curé, je vous demande mille pardons ! Je ne vous avais pas aperçu.

L'ABBÉ. Monsieur le Colonel, vous n'avez nul besoin d'excuses. Quand après une longue absence on retrouve un vieux et fidèle serviteur tel que Ribelle, il est bien juste qu'il concentre sur lui seul toute l'attention de son maître.

LE COLONEL. Vous êtes véritablement trop bon, monsieur le Curé, de vouloir bien donner à mon impolitesse une excuse aussi favorable. Mais j'avoue que Ribelle par la noblesse de ses sentiments et son esprit chevaleresque est vraiment un serviteur hors ligne.

DUCIS (*voyant venir Francis*). En voici un autre qui, pour n'avoir pas l'élévation de caractère de Ribelle, n'en est pas moins un brave

et honnête garçon qui m'est sincèrement attaché. Ces deux hommes-
là ont des cœurs d'or.

SCÈNE IX.

DUCIS, l'abbé LEMAIRE, le COLONEL, FRANCIS.

FRANCIS. Monsieur le Curé, voilà un *pâpier* qu'on m'a chargé de
vous remettre.

L'ABBÉ. Merci, Francis. (*A Ducis, après avoir lu.*) C'est une
lettre de Simon ; tiens, lis-la toi-même.

DUCIS (*après avoir lu, met la lettre dans son portefeuille.*) Bien !
c'est une lettre à conserver ; elle pourra nous être utile. Mais j'entends du bruit là-haut.... C'est peut-être le comte qui s'apprête à
descendre, et qui vient me demander la suite de ma pièce.

FRANCIS (*à part*). Le comte !

DUCIS. C'est le moment décisif, Colonel.

FRANCIS (*à part*). Colonel !

DUCIS. Je vous en conjure, suivez de point en point mes instruc-
tions et laissez-vous conduire. D'après ce que vient de dire Ribelle,
il paraît que votre voix a subi de notables changements. Tant mieux !
Monsieur votre père ne vous reconnaîtra pas ; il vous prendra pour
l'abbé Lemaire. Je vais vous passer l'un de mes cahiers , vous vous
chargerez du rôle de Polinice ; moi, je retiens celui d'Œdipe. Voici
le comte, attention !

FRANCIS (*à part*). Le comte... le colonel... Votre voix est changée.... Monsieur votre père... L'abbé Lemaire... Polinice...
Œdipe...! Qu'est-ce que c'est que tout ça? Des secrets, sans
doute... Et moi qui les aime tant ! Écoutons... Ah ! ce n'est pas
bien d'écouter... Bah ! Ribelle est bien au courant de tout , pour
quoi n'y serais-je pas, moi? Allons, reste ici, Francis, cache-toi
seulement.

(*Francis fait semblant de sortir et se cache derrière un meuble.*)

SCÈNE X.

DUCIS, l'abbé LEMAIRE, le comte d'ARTANVAL, le colonel d'ARTANVAL, le petit ÉMILE d'ARTANVAL, RIBELLE, FRANCIS.

(*Le comte entre sur la scène, appuyé sur le bras de Ribelle et
conduisant par la main le petit Émile d'Artanval. Ducis et l'abbé*

Lemaire courent au-devant du vieillard et le conduisent à son fauteuil. Le colonel, à la vue de son père, éprouve une sorte de tremblement nerveux ; il essuie quelques larmes qui roulent dans ses yeux et appuie l'une de ses mains contre sa poitrine, comme pour comprimer les battements de son cœur.)

Le Comte. Cher poète ! Mettez-vous là à mes côtés.

Ducis. M'y voilà ! monsieur le Comte.

Le Comte. Et vous, cher pasteur ! mettez-vous ici.

L'Abbé. Je vous obéis, monsieur le Comte.

Le Comte. Grâce à Dieu ! me voilà entre mes deux anges consolateurs, entre les uniques soutiens de ma vieillesse.

L'Abbé. Vous oubliez, monsieur le Comte, que vous avez un fils.

Le Comte. Vous savez, cher pasteur, que nous sommes convenus de ne parler jamais de ce rebelle, de cet ingrat.... Vous m'avez fait révoquer la malédiction dont je l'avais frappé. Bornez-vous, de grâce, à ce pieux devoir, ou nous nous brouillerons. Eh bien ! cher Ducis, seriez-vous disposé maintenant à me donner la suite de votre pièce ?

Ducis. Je suis à vos ordres, monsieur le Comte ; mais autant pour me soulager, que pour donner à la lecture plus d'effet, notre cher abbé voudra bien se charger d'un rôle.

L'Abbé. Volontiers, cher ami.

Ducis. Tâche seulement de renforcer un peu ta voix, afin de la mettre au diapason de la mienne.

L'Abbé (*imitant la voix d'Arthur*). Je ferai mon possible. Quel rôle prendrai-je ?

Ducis. Celui de Polinice ; je retiens pour moi celui d'Œdipe. (*Ducis passe l'un de ses cahiers au colonel.*) Commençons.

LE COLONEL.

> Ciel ! dont je n'ai que trop mérité la colère,
> Par mes pleurs, s'il se peut, daigne attendrir mon père.
> C'est donc lui que je vois ! c'est lui, supplice affreux !
> C'est moi qui l'ai réduit à ce sort malheureux.
> . . . .
> Mon père, permettez qu'un remords véritable,
> Ramenant à vos pieds le fils le plus coupable......
> Vous ne m'écoutez point, mon père ! Oh ! que ce nom
> Vous parle encor pour moi, vous invite au pardon,
> A ma prière, hélas ! serez-vous insensible ?
> N'adoucirez-vous point ce front morne et terrible ?

Mon père ! Au nom des cieux, n'écartez plus de vous
Votre fils confondu, qui tremble à vos genoux.....
Hélas ! Vous le voyez, son âme est inflexible ;
Pour être pardonné, mon crime est trop horrible.
Je l'avais bien prévu, sortons.............

(*En ce moment, le petit Émile passe ses bras autour du cou de son grand-père, l'embrasse avec tendresse et s'écrie :* Non, non ; reste ici, papa ! Ne sors pas, je t'en prie.

LE COLONEL.

.... Eh quoi !
Et sa bouche et son cœur, tout est muet pour moi !
Adieu ! Dis-lui, ma sœur, que ton malheureux frère,
Accablé comme lui d'opprobre et de misère,
Mettant dans ses pleurs seuls l'espoir de l'attendrir,
Lui demanda sa grâce avant que de mourir.

DUCIS.

Si ta sœur, dans ces lieux où tout doit te confondre,
Ingrat ! ne m'eût prié de daigner te répondre,
Tu peux être assuré, par ce ciel que tu vois,
Que tu serais parti sans entendre ma voix.
Mais puisqu'en sa faveur, je m'abaisse à t'entendre,
Que me veux-tu, perfide, et que viens-tu m'apprendre ?

LE COLONEL.

Seigneur ! De quelque affront que je sois accablé,
Je vous vois, je respire, et vous m'avez parlé.
Mais puisque de mon sort vous daignez vous instruire,
Apprenez qu'Étéocle, enivré de l'empire,
Me bravant sans respect, moi, son roi, son aîné,
M'a retenu mon sceptre et qu'il s'est couronné.
C'est par l'art de séduire, et non par le courage,
Qu'il a conquis sur moi notre antique héritage.
Mais j'ai pour y rentrer, j'ai des moyens tout prêts.
Adraste avec ardeur a pris mes intérêts ;
Il m'abandonne tout, trésors, soldats, famille :
J'ai fondé nos traités sur l'hymen de sa fille.
....
Étéocle, pâlis !!! nous allons t'accabler ;
Mais c'est de cette main que je veux l'immoler.
C'est lui, c'est lui, l'ingrat, dont le conseil parjure,
M'a fait envers mon père oublier la nature.
Que je dois le haïr ! Mais si vous m'exaucez,
Son triomphe est détruit, nos malheurs sont passés ;

Si j'obtiens mon pardon, tout mon camp, sans alarmes,
Croira voir par vos mains le ciel bénir nos armes ;
Et mes soldats, vainqueurs, voudront tous avec moi,
Vous ramener dans Thèbe et vous nommer leur roi.

DUCIS.

Moi, leur roi ! Moi, te suivre ! Ingrat.... l'as-tu pu croire ?
Eh ! Dis-moi, que m'importe et Thèbe et ta victoire ?
Penses-tu, malheureux ! si je voulais régner,
Que ce fût à ta main de m'oser couronner ?
Va tenter loin de moi tes combats et tes siéges ;
Transporte où tu voudras tes drapeaux sacrilèges.
Je plaindrai les Thébains, s'il faut que pour leur roi,
Le ciel n'ait à choisir qu'entre Étéocle et toi.
Mais un prince, dis-tu, t'admet dans sa famille ;
'Quel est l'infortuné qui t'a donné sa fille ?
Certes, tes alliés ont raison de frémir,
Si c'est sur ta vertu qu'ils doivent s'affermir !
Le trône t'est ravi par un frère infidèle.
Eh ! Ne régnais-tu pas, quand ta voix criminelle,
De mon pays natal, m'exila sans retour ?
Tu m'as chassé, barbare ! On te chasse à ton tour,
Tu l'as bien mérité !..... Tes ordres tyranniques
M'ont exilé du sein de mes dieux domestiques,
Quand mon âme lassée, après tant de malheurs,
Soulevant par degrés le poids de ses douleurs,
Pour toi seul, d'exister reprenait quelque envie,
Et du sein des tombeaux remontait à la vie.
C'est dans ce temps, ingrat ! de ton rang enivré,
que tu m'as vu partir d'un œil dénaturé.
Ton devoir, ma vertu, mes sanglots, ma misère,
Rien n'a pu t'attendrir sur ton malheureux père ;
Et si ma digne fille en consolant mes jours,
A mes pas chancelants n'eût prêté ses secours,
Si ses soins prévoyants, sa pieuse tendresse,
Sur mes tristes destins n'eussent veillé sans cesse,
Sans guide, sans appui, mourant, inanimé,
Sur quelque bord désert, la faim m'eût consumé.
Va, tu n'es point mon fils ; seule, elle est ma famille.
Antigone, es-tu là ? Viens, mon sang ! viens, ma fille !
Soutiens mon faible corps dans tes bras généreux,
Ton front n'a point rougi de mon sort malheureux ;
Toi seule as de ce sort corrigé l'injustice :
Voilà mon cher soutien, voilà ma bienfaitrice !
Puisqu'il ne peut te voir, que ton père attendri,
Baigne au moins de ses pleurs la main qui l'a nourri.

Toi, va-t-en, scélérat ! Ou plutôt reste encore,
Pour emporter les vœux d'un vieillard qui t'abhorre.
Je rends grâce à ces mains qui, dans mon désespoir,
M'ont d'avance affranchi de l'horreur de te voir.
Qu'à Thèbe, sur tes pas, ton camp se précipite,
J'attache à tes drapeaux l'épouvante et la fuite.
Puissent encore ces chefs qui t'ont juré leur foi,
Par un nouveau serment s'armer tous contre toi !
Que la nature entière, à tes regards perfides,
S'éclaire en pâlissant du feu des Euménides !
Que ce sceptre sanglant, que ta main croit saisir,
Au moment de l'atteindre, échappe à ton désir !
Ton Étéocle et toi, privés de funérailles,
Puissiez-vous tous les deux vous ouvrir les entrailles !
De tous les champs thébains puisses-tu n'acquérir,
Que l'espace en tombant que ton corps doit couvrir !
Et pour comble d'horreur, couché sur la poussière,
Mourir même en sujet et bravé par ton frère !
Adieu ! Tu peux partir. Raconte à tes amis,
Et l'accueil et les vœux que je garde à mes fils.

Le Comte. Très-bien ! très-bien ! Ducis. Voilà comme un père,
dans son juste couroux, doit traiter un fils dénaturé. O toi, mon
bon petit Emile, embrasse-moi et sois mon Antigone !

LE COLONEL.

Mon père !

DUCIS.

De ta voix, je saurai m'affranchir.
Qu'attends-tu donc ?

LE COLONEL.

La mort, si je ne puis fléchir....

DUCIS.

Avant qu'OEdipe, ému, s'ébranle à ta prière,
L'astre éclatant du jour me rendra la lumière.

LE COLONEL.

J'approuve vos transports ; mais, seigneur, faites mieux,
Suscitez contre moi les enfers et les cieux ;
Du fond de ces enfers appelez les furies,
Avec tous leurs serpents, leurs feux, leurs barbaries ;
Leurs serpents, leurs flambeaux, leurs regards pleins d'effroi
Seront de tous mes maux les plus légers pour moi.
Vous avez un vengeur plus prompt, plus redoutable,
Qui vous sert sans éclat, qui s'attache au coupable,

Dont rien ne peut suspendre ou fléchir la rigueur ;
Et ce vengeur secret, je le porte en mon cœur.
Il est là, ce témoin, ce juge incorruptible,
Dont j'entends, malgré vous, la voix sourde et terrible.
Je le sais, je le dis, rien ne me fut sacré,
Je fus barbare, impie, ingrat, dénaturé ;
Je ne mérite plus d'envisager la terre,
Ni ma sœur, ni le ciel, ni le front de mon père ;
Mais il me reste un droit que je porte en tous lieux,
Qu'on ne peut me ravir, que j'ai reçu des dieux,
Avec eux par lui seul, je communique encore ;
C'est ce remords sacré qui, pour moi, vous implore.
Mais, que dis-je ? Ah ! ces dieux, je les retrouve en vous
Je les vois, je leur parle, et tombe à leurs genoux.

(Le colonel se précipite aux genoux de son père.)

Ne soyez pas plus qu'eux sévère, inexorable ;
Sous vos pieds, qu'il embrasse, écrasez un coupable.
Mais avant de punir, avant de m'accabler,
Entendez mes sanglots, voyez mes pleurs couler ;
Dans vos bras, malgré vous, oui, je répands des larmes,
Il faut à ma douleur que vous rendiez les armes,
Mon père !.......

DUCIS.

Ah dieux ! Polinice, est-ce-toi ?

LE COLONEL *(se tournant vers l'assistance).*

Nous le vaincrons, amis ! joignez-vous tous à moi.

DUCIS.

Non, non ; ô dieux vengeurs ! Soutenez ma colère,
Ah ! ne permettez pas ?......

LE COLONEL.

Pardon ! pardon, mon père !

DUCIS.

Qu'entends-je ? Où suis-je ? O ciel ! si c'était la vertu !
Je balance, je doute...... Ingrat, te repents-tu ?
Ne me trompes-tu pas ? Puis-je te croire encore ?

RIBELLE *(spontanément).*

Ah ! je réponds de lui.

DUCIS.

Dieux puissants que j'implore !
Dieux ! vous que j'invoquais pour sa punition,
Enchaînez, s'il se peut, ma malédiction ;

J'ai calmé mon courroux, calmez votre colère.
Viens dans mes bras, ingrat ! Retrouve enfin ton père.
Que le jour un moment entre encor dans mes yeux,
Pour embrasser mon fils à la clarté des cieux.

(*Mouvement.*)

LE COLONEL.

Quoi ! vous m'aimez encor ! Quoi, déjà votre haine !...

DUCIS.

Crois-tu qu'à pardonner un père ait tant de peine !...

(*Ici le vieux comte d'Artanval saisit une main d'Arthur, qu'il prend pour la main de Ducis, et la pressant fortement sur son sein, il s'écrie:* Ah ! c'est là que vous avez trouvé cette pensée à la fois simple et sublime.... Ducis, que vous connaissez bien le chemin du cœur !

DUCIS. Vous avouez donc que vous pardonneriez de même à votre fils ?

LE COMTE. Qui ? moi ? Non, je le repousserais....

DUCIS. En ce cas, j'ai exagéré la tendresse paternelle, à laquelle j'avais cru jusqu'à ce jour ne pouvoir assigner aucune limite.

L'ABBÉ. Quoi ! Monsieur, si le ciel ramenait en ce moment le coupable à vos pieds, s'il arrosait votre main vénérable des pleurs du repentir....

(*Le comte sentant les moustaches d'Arthur sur sa main, que celui-ci couvre de baisers, s'écrie d'une voix terrible :* Dieux ! des moustaches ! Ducis !... Lemaire !... m'auriez-vous donc trompé ?

DUCIS. Cédez, Monsieur, cédez à l'émotion que j'ai fait naître dans votre âme ; pardonnez, et je vous devrai mon plus beau triomphe.

L'ABBÉ. Pardonnez, Monsieur, pardonnez, c'est Dieu qui vous l'ordonne par ma voix ! Pardonnez ! Il vous bénira, il prolongera votre carrière.

RIBELLE (*fondant en larmes*). Ah Monsieur ! Ah mon maître ! Accordez-moi ce prix de soixante années de services.

EMILE (*embrassant son grand-père*). Ah ! mon grand-papa d'Artanval, pardonne, je t'en prie, à mon petit papa Arthur.

LE COLONEL (*d'une voix entrecoupée et pressant avec force la main du comte*). O mon père ! laissez-moi rentrer dans votre cœur, dans ce cœur qui bat si vivement sous ma main.... sous ma main que vous avez serrée vous-même ! Votre fils n'est pas indigne de cette faveur.... S'il eut le malheur de vous déplaire, s'il n'a pu résister à cette soif ardente de gloire qu'il reçut de vous avec le jour, jamais il n'a combattu que les ennemis de la France.... Mes cicatrices n'ont rien que d'honorable : mon père, touchez-les, et que le guerrier sans reproche obtienne enfin la grâce du fils coupable !

(*Le comte veut parler, mais la surprise, le saisissement ne lui permet pas de proférer un seul mot. On voit sur ses traits altérés le combat de la colère et de l'amour paternel....*)

Francis (*du fond de sa cachette*). Ah ! On m'avait toujours bien dit que tous ces grands seigneurs n'étaient pas comme nous, faits de chair et d'os. C'était bien la *vraie* vérité ! Car, quoique mon nez ne diffère guère de celui de monsieur le comte, j'avoue que mon cœur n'est pas du tout fait comme le sien. Il y a longtemps, moi, que j'aurais demandé pardon à mon fils de ne lui avoir pas encore pardonné.

(*Enfin, après quelques moments d'une effrayante immobilité qui fait douter de l'arrêt qu'il va porter, le vieux comte pousse un profond soupir, ouvre ses bras, et son fils s'y précipite.*)

Le Comte. Reste, ah ! reste longtemps sur ce cœur flétri par le chagrin......Sa blessure est si profonde !

Le Colonel. Je ne vous quitte plus ; j'ai acquis assez d'honneur pour être digne de vous..... Embellir vos jours, les prolonger par les plus tendres soins, voilà maintenant le seul devoir que j'aie à remplir, la seule gloire que j'ambitionne...... Et vous, dignes amis (*il les embrasse et les conduit dans les bras du comte*), venez jouir de votre ouvrage, venez partager l'ivresse d'une famille qui n'oubliera jamais ce qu'elle vous doit.

Le Comte. Non, non, jamais ! Comptez, chers amis, sur mon éternelle reconnaissance.

Mais, mon Dieu ! Et mon pauvre petit Emile que j'allais oublier ! Mon cher Arthur, tu vois ce pauvre enfant, c'est mon filleul ; c'est le fils d'un brave ouvrier, d'un honnête père de famille ; cet aimable enfant fut ma seule consolation pendant tout le temps que dura ton cruel abandon..... J'allais..... je voulais...... Et maintenant, je crains l'excès de ma tendresse pour lui.

L'Abbé. Ne vous gênez pas, monsieur le Comte, laissez-vous aller au penchant irrésistible de la nature. Cet enfant qui se nomme aussi Emile, n'est point le fils de Simon, c'est votre propre sang ; c'est votre petit-fils, le fils du colonel Arthur d'Artanval.

Le Comte. Quoi ! mes amis, vous avez poussé jusque là votre fraude pieuse !

Ducis. Oui, monsieur le Comte, nous connaissions votre cœur mieux que vous ne le connaissiez vous-même.

Le Comte. Arthur! Et ta femme, où est-elle?

Le Colonel. J'ai encore avec vous cette triste conformité, mon père. Le jour où naquit Émile, j'eus l'affreux malheur de perdre sa mère.

Le Comte. Je te plains, mon cher Arthur; mais va, nous nous consolerons ensemble. Hélas! Pourquoi faut-il qu'en ce beau jour, mon cœur reste oppressé, et rempli de tristesse et de regrets amers?

Le Colonel. Quoi donc, mon père, qu'avez-vous?

Le Comte. Aujourd'hui même, mon cher Arthur, je me proposais d'adopter mon filleul; et j'avais chargé notre cher curé de faire part de mes intentions aux parents de cet aimable enfant et de solliciter d'eux leur consentement. Connaissant l'exactitude et l'activité de notre cher abbé, il ne m'est pas permis de douter que la commission ne soit faite, et c'est là ce qui me jette dans cet étrange embarras.

L'Abbé. Rassurez-vous, monsieur le Comte, j'ai fait votre commission; mais on n'accepte pas. Simon m'avait demandé le temps de la réflexion, ce à quoi j'ai dû souscrire. Or, il vient de m'adresser une lettre que Ducis a dans son portefeuille, par laquelle il me prie de l'excuser près de vous.

Le Comte. Lisez-moi cette lettre, mon ami.

(*Ducis tire la lettre de son portefeuille, et la lit.*)

« Monsieur le Curé,

» Je suis profondément touché des bontés de M. Gervais, et je » viens vous prier de vouloir bien lui en exprimer toute ma grati-» tude, et lui faire agréer en même temps mes excuses.

» Nous ne saurions, ma femme et moi, consentir au douloureux » sacrifice qu'il nous demande.

» M. Gervais est si bon! Il comprendrait, s'il était père, s'il avait » le bonheur d'avoir un fils, combien il nous serait cruel, combien il » nous serait impossible de nous séparer de notre petit Émile. Le bon » Dieu qui nous l'a donné, s'en offenserait à juste titre et nous puni-» rait infailliblement en mettant l'orgueil au cœur de notre enfant » qui, devenu riche, rougirait un jour de son père et de sa mère.

» Agréez, monsieur le Curé, etc. »

Le Comte. Eh mais! Cette lettre n'est pas mal tournée pour Simon. Qu'en dites-vous, mes amis?

L'Abbé. Les sentiments sont les siens ; mais il est évident que la rédaction ne lui appartient pas ; elle est due à un parent de sa femme qui est instituteur dans les environs.

Le Colonel. Mon père, il me vient une idée, et ce sont les dernières réflexions de cette lettre qui me l'inspirent. Il me semble que le brave Simon redouterait surtout les dédains de son fils devenu riche par le fait de notre adoption. Eh bien ! Je crois qu'il y a un moyen de faire du bien à votre filleul en rendant impossible l'inconvénient que redoute Simon. Faites du bien au père, vous en ferez infailliblement au fils.

Le Comte. Excellente idée ! J'ai ici un petit bien qui m'a coûté une vingtaine de mille francs : si j'abandonnais ce bien à Simon, ne trouverais-tu pas de l'excès dans ma prodigalité ?

Le Colonel. Moi, mon père ? Au contraire, je doublerais plutôt la somme, si je ne craignais de tomber dans l'inconvénient que nous voulons éviter.

Le Comte. Eh bien ! Voilà qui est dit ; je donne à Simon, puisque tu y consens, le petit bien en question.

Ducis. Et moi, pour l'aider à payer sa maison, je lui abandonne les six cents francs d'honoraires que m'a procurés ma tragédie d'*OEdipe*.

L'Abbé. Et moi, pour m'associer à ton bonheur, cher ami, j'y joindrai les trois cents francs que je tenais en réserve pour relever le mur d'enceinte de mon verger, qui tombe en ruine ; cela mettra notre brave Simon à même de compléter ses paiements. J'aurai moins de fruits, à la vérité, mais je me serai associé, cher ami, à ta belle action ; ce qui me paraît infiniment préférable. Eh bien ! mon bon François, ne voilà-t-il pas, toi qui t'y connais, le plus beau dénouement qui se puisse voir ; et n'avais-je pas raison de dire que tes sermons valaient bien les miens ?

Ducis. Ah ! mon ami, je sens pénétrer dans mon âme une espèce d'orgueil, dont je ne puis me défendre. Qui pourrait, après le succès que je viens d'obtenir, ne pas se glorifier d'être poète ? Art sublime ! qui nous rapproche des immortels et dont la douce influence pénètre tous les cœurs ! Heureux qui te cultive sans ambition, sans envie ! Heureux surtout qui, sentant toute ta dignité, n'emploie jamais ta force et ton prestige que pour l'honneur de son siècle, la gloire de sa patrie et le bonheur de ses semblables !

FIN DU TROISIÈME ET DERNIER ACTE.